瓶《びん》の中

[新装版]

高峰秀子

河出書房新社

文化出版局版『瓶の中』カバー
（画・筆＝梅原龍三郎）

はしがき

いまの私はいったいなんだろう？　主婦、雑文書き、古道具屋の女主人、そして女優もやっております、というところだろうか。「本職は？」と人に聞かれても返答に困る。

　結婚以来、私は少しずつ自分の道を歩きはじめ、女優のセリフではない〝自分の言葉〟をしゃべりはじめた。月日も浅いことなので、その言葉を全部集めても小さな瓶を満たすにもおぼつかないのが恥ずかしい。

　中身の薄さをゴマ化すために、「瓶の中」という題字は尊敬する梅原龍三郎先生に甘えた。

　梅原先生はいま、画家の命である眼を病んでいられるが、ほとんど見えない眼でウンウン言いながら、表紙の字を書いてくださった。この本はたぶん、私の最後の本になるだろうが、立派な晴れ着を着せていただいてしあわせである。

目次

暮しのたのしみ

食べある記

春愁秋思

暮しのたのしみ

『燭台』

　なんでも、光り輝くものは美しい。中でもその大将は太陽と月だろう。人間が作った光の中ではロウソクの炎ほど美しいものはないと私は思っている。

　ロウソクは、仏教の伝来に伴って中国から日本に輸入されたという。奈良時代の昔である。西欧でもギリシア、ローマ以来、やみ、悪霊を払い、物を浄化する力があるとされていたとのことで、共に宗教的な必需品であったらしい。どんな人でも仏壇や神棚にお燈明の火がゆらめいている風景を見たことがあるだろう。

　私の家には仏壇も神棚もない。が、私はロウソクの光が好きなので一年じゅうロウソクを欠かしたことがないから、いつの間にかこうした燭台がいくつかたまった。いずれも外国へ行ったときや、国内旅行のつれづれに求めたもので、エンゼルのいる赤銅のものは、パリ蚤の市産。ガラスのはフランスのいなかの古道具屋。赤い小さなのは京都のがらくた屋。陶器のはポルトガルのものである。

　停電のとき、私は大急ぎでこれらの燭台たちに火を点じ、そのゆらめく炎となつかしげなろうの匂いに包まれてうっとりとするヘンな楽しみを持っている。

　私たち夫婦はそろって不眠症なので、どちらかが寝そびれると、こっそりロウソクに灯をともしてその光の中で一パイきこしめす。という習慣がある。そんなときも、ロウソクの光は不思議に頭を休め、心を落ち着けてくれる。

　アメリカには、キャンドル・ディナーというしゃれた習慣がある。私もニューヨークの新聞評論家のキャンドル・ディナーに招かれたことがあった。オードブルにマルティニやシェリー酒のアペリチーフが終わると、食卓の燭台の六本の長いロウソクに火が点じられ、部屋のあかりはいっせいに消されてキャンドル・ディナーが始まった。ロウソクのほの明るさの中で、野菜はその美しさを最高に発揮し、ぶどう酒のグラスはキラキラとロウソクの炎にはえ、女性たちはいっそう美しく見えた。そして、静かな人々の話声は、心にしみ入るかのようであった。あんな楽しい雰囲気の夕食はいまだかつてしたことがない。デザートも済んで、コーヒーのために私たちは元の電気のついた部屋へもどった。ああ、そのときの人々の間のぬけたようなしらじらしい表情を、今でも私は忘れることができない。

　すべての文明の利器はたしかにすばらしく、便利である。私たちはそのためにどんなに大きな恩恵をこうむっているかしれない。けれどその恩恵に慣れすぎたために、人々はますますぜいたくになり、更に新しい文明の利器を求めて突進し、それがこうじて、果ては原爆、水爆などという物騒なものまで発明して、世界じゅうの人々を恐怖に陥れるまでに発展させてしまうのである。

　世界の死生をかけた一個のスイッチを握っているいく人かの人たちに、私は「ロウソクの炎をじっとみつめてごらんなさい」とすすめたい。ほのかに、あるともない風にゆらぎながらも、優しく燃えつづけるロウソクの炎の美しさは、その人たちにきっと心のふるさとを思い出させるに違いない。

『天眼鏡』

〝天眼鏡〟なんと、古くさく、なつかしく、こっけいな名前だろう。辞書をひいたら、「物体を拡大して見るための凸レンズ。拡大鏡。あるいはルーペともいう」と記されている。拡大鏡。ルーペ。虫めがね。だが私はなんとなく〝天眼鏡〟という大時代な名前がいちばん好きだ。

　考えてみると、物の名前というものは実におもしろい。たとえば〝万年筆〟という名前にしてもずいぶん大げさでユーモアがある。長いジクに、すぐに摩滅してダメになってしまうペン先をつけ替えてはインクつぼにつっ込みながら字を書いていたわが祖先たちが、中にインクを入れさえすれば驚くほど長時間書けて、おまけにキャップをはめればインクがかわかない、というこの便利なものを手にしたときの新鮮な驚きが、目に見えるようである。「こりゃ、たいしたものだ！」と、新しいペンをひねくりまわしている彼等の声さえ聞こえるようである。そしてその喜びは万年も書ける〝万年筆〟という大げさな名前となってこのペンに名づけられたのだろう。

　また、たとえば、棒の先に細くとがった刃のついたきりのようなもので〝千枚通し〟という便利なものがある。「重ねた紙を千枚だって貫けるぞ！」というのだから、これもオーバーな愛嬌のある名前である。

　万年筆も、天眼鏡も、千枚通しも、それは、つまり、昔の人たちが一つの物に対して実にナイーブな感情を持って接していたということなので、それにひきかえ、このごろの私たちは、新しいものや珍しいものに対して、慣れすぎたとでもいうのか、少々の刺激にはビクともしないすれっからしになってしまった、ということなのだろう。習うより慣れろ、というが、慣れすぎて、習うほうの謙虚さがお留守になっているようである。人間とはまったくあさはかなものである。

　さて、私が天眼鏡に興味を持ったのは、何年か前に外国でおみやげ物を物色していたときだった。わが家の年とった女中さんが電話帳を見るときに小さな虫めがねを使っていたことを思い出して、その人のためにイタリア製のしゃれた虫めがねを買ったのがはじまりだった。

　私は、この七、八年間、主人の口述筆記をしているので、辞書をひく機会が多い。辞書の字は、のみのごとく小さいので、近眼の私には鼻がつかえるほど近づけなければ見えない。最近はおトシのせいか、鼻の下をのばしても眉をさか立ててもますます見えにくくなってきた。そこで、あるとき、ふと思いついて、電話帳のそばにある彼女の虫めがねをちょいと失敬して辞書の上にかざしてみた。以来、虫めがねは私の必需品の一つになったというわけである。これさえあれば、私はバアサマになっても主人の口述筆記はスイスイだ、とうれしくてしかたがない。私の大事な天眼鏡は三つ。この中のどれかが、常に辞書のわきに鎮座ましましている。

PLATE 8

『文鎮』

なんだか判じ物のような写真だが、これはみんな主人の愛用の文鎮である。彼は物を書く職業なので、大きな仕事机の上はいつも書きかけの原稿用紙、新聞の切抜き、開きっぱなしの辞書、未整理の手紙などで雑然としている。

ほこりがたまろうが、どうしようが、けっして他人にさわらせない。ちょっとそうじでも、と思って手を出すと、くちびるをとんがらせてイヤな顔をする。

そして、それらの番人をしているのが、この文鎮どもである。いろいろな文鎮がそれぞれの上に一つずつのって、主人の帰りを待っているのはアイキョウがある。仕事に関する資料、その他の大事なものを押えるのだから、重いものならなんでもいい、というわけにはいかないらしく、到来物の、いかにも文鎮、文鎮したものは使わない。

日本の文鎮は横長の富士山形やせんす形など常識的な形が多く、なんとなく、お正月の書きぞめを思い出させる。それに比べるとヨーロッパのものは、用途は同じでも想像外にキテレツな形の文鎮がある。この写真のはみんなヨーロッパの古道具屋にころがっていたものばかりだ。

男の人はどこか子どもっぽいところがあって、おもちゃが好きだ。文鎮も主人にとっては多分おもちゃのつもりなのだろう、と私は思う。

旅先ではもっぱら、石ころを使う。東京で文鎮代わりの石ころをさがすのは時間の浪費だが、地方の河原でも散歩すれば、平べったいのや細長いのや、きめの細かいのやあらいのや、文鎮になる石ころがたくさんある。彼は、手ごろの石ころを拾ってきては、せっけんでゴシゴシ洗い、原稿用紙の上にのせて、その形を楽しんでいる。

私は、はじめ、変な趣味の男と結婚したな、と思っていたが、亭主の好きななんとやらで、私も知らず知らずに文鎮を集めだした。私のは、こういうガンコなやからと違って、中国の玉のもの、イタリアのガラス玉、など、ぐっと優雅で、上品である。それらをちょいと横に置いて『ミセス』の原稿など書くのはなかなかオツなものである。

仕事のないときには、種々な文鎮たちが棚の上にズラズラと並ぶ。文鎮はやはり何かの上に納まって用をたしているときがいちばんよろしい。棚の上であくびをしている文鎮どもは、いかにも手もちぶさたな感じで、こっけいな存在である。

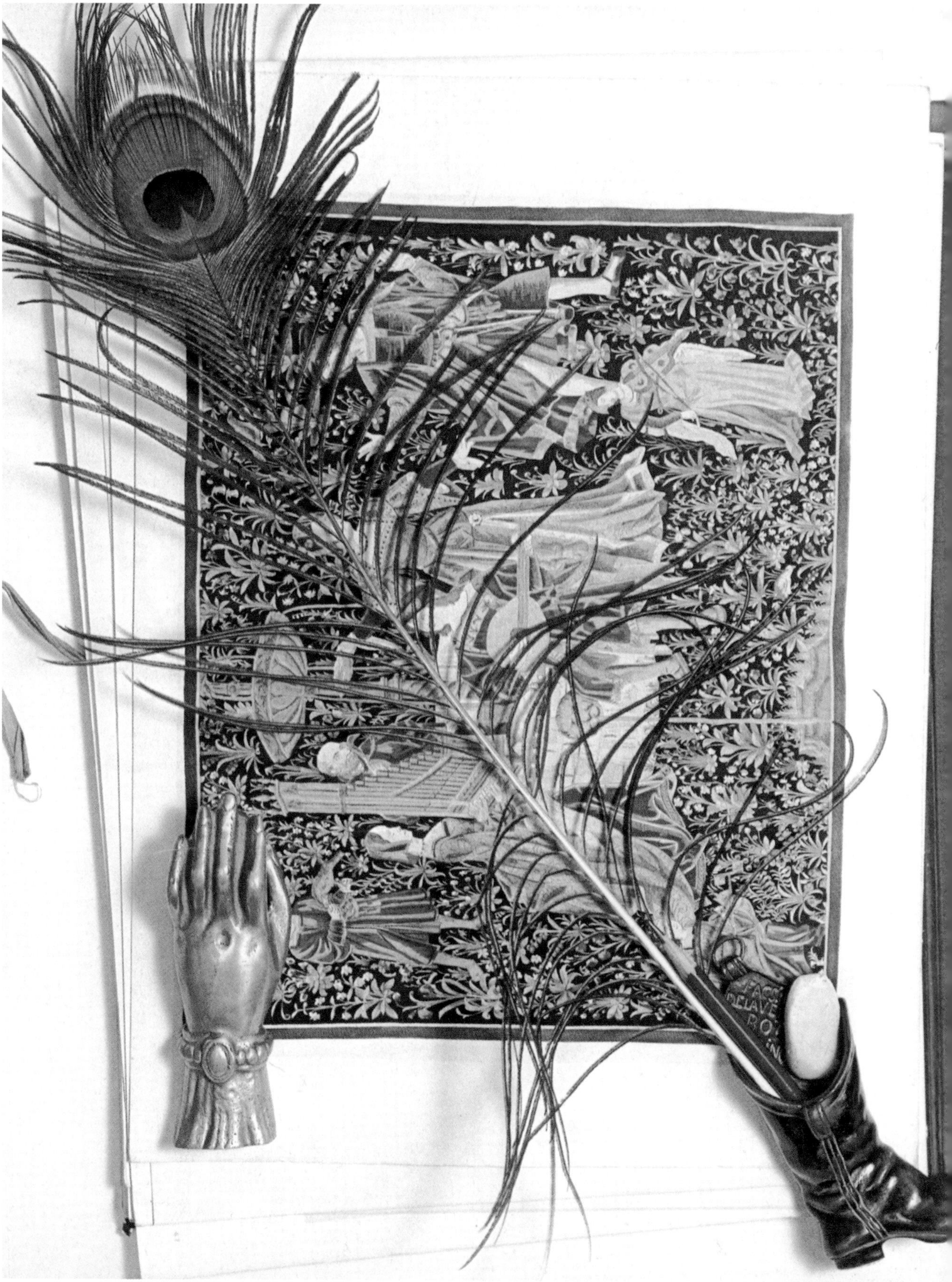

『はんこ』

外国人のように、身分証明書を持ち歩く習慣のない私たち日本人には、自分がどこの何兵衛であるか、という確固たる証拠がない。唯一の自己証明に役だつものといえば〝自分の名前を彫ったはんこ〟一つであるというのは、考えてみればひどく心もとない話である。そのはんこなる代物も、そこらの文房具屋でむぞうさに売っているし、偽造も簡単、盗難の心配もあり、で、だから実印届けだ、印鑑証明だ、と複雑になっていくのだろうが、はんこの存在はどうも百害あって一利なしの感がある。

　私はある日、必要あって印鑑証明をとるために代理人にはんこを持って区役所へ行ってもらった。ところが、代理人ではなく本人がそのはんこを持って来い、と言われ、どうしても来られぬなら「この人を代理人とする」と書いた紙にはんこを押したものを持って来い、としかられたそうである。代理人はいったん、区役所を出て、言われたとおりに書類を作り、はんこをペタンと押して、ふたたび窓口へ行ったらスイと用事が足りたと言って、にやにやして帰って来た。そうかと思うと、わが家の運転手や通い女中さんが定期券を買うにはつい先だってまで雇い主のはんこが必要だったが、このほうははんこの主にまかり出ろとは一度も言われたことがない。ということはインチキをしてそこらの三文判を押して行っても通ってしまうということで、向こうがいいかげんだからこっちもいいかげんをしてやろう、という気を起こさせても、しかたがないことになる。何が何だかわからない世の中で〝盲ばん〟とは妙を得たことを言ったものである。

　はんこ一つがその人間を証明し、はんこ一つへの信用が天下国家を動かすともなると、そら恐ろしい気がしてくる。

　外国ではいかなる場合も当人の署名だけがものをいう。契約書、パスポート、銀行小切手、通帳、トラベラーズ・チェック、その他いろいろである。筆跡というものは実に個性があるものらしく、警察でも筆跡鑑定が決め手となって事件のホシをあげることも多いと聞く。本人の手で書く署名より、その下にぼんやりかすれたはんこのほうを信用する私たちを見たら、外国人はさぞびっくりすることだろう。

　最近は日本の銀行でも、サイン方式の通帳ができたし、ホテルや買い物の支払いをサインでする方法が普及しつつあるようで、昔のように「はんこをおひとつ――」という言葉をあまり聞かなくなった。〝判で押したような〟とか〝太鼓判を押す〟とかいう形容詞も将来は自然消滅するかもしれない。

　私は昔から〝はんこ〟に凝ったり、〝印相〟にこだわったり、つまり判に興味を持ったこともなかったが、先年、中国に旅行したとき、おみやげに二個の印鑑を贈られた。さすがに文字の国だけあってなんとも美しい彫りの印鑑で私は大喜びで日本へ持ち帰り、前言をひるがえして、むやみやたらとペタペタはんこを押しはじめた。どうも、我ながらお恥ずかしいのだがしかたがない。私の心をとらえたはんこはこれです。

『鏡』

「女はいつまでも若くはないからね、おまえだってこのごろは、鏡の前にすわっている時間がずいぶん長くなったよ」

　これは、シナリオライターである私の亭主が、ある映画のために書いたせりふである。そして、そのセリフを言う当人は、女房であるこのアタクシであった。

「なかなか、うめえせりふを書くじゃないか」と、私はまず感心した。それから「ハテ、これは私自身のことかな、チクショーメ」と思った。しかし、まことにそのとおりだからしかたがない。若いころは、鏡の前にすわってもすることがなくて、アッケないほどであった。クリームをつけるのを二、三日忘れても、肌はいつもつやつやとして、唇はピンク色をしていた。今の私は、自分でもあきあきするほど、鏡の前から腰が上がらない。あきあきするなら鏡の前に座らなければいいのだが、つね日ごろ、中年婦人のきたないのほどみっともなく見苦しいものはないと思っているので、つい、鏡をのぞき込んではじたばたしてしまう。女のかなしさなどとのんきなことを言ってはいられない。

　鏡というものは、しかしなんのためにあるのだろう。百科事典をひもどけば、鏡はその昔から、魔物――神に通ずるもの、とある。鏡はいつの間にかわが身を装うために使われるようになったが、実はそのわが身の内にある〝心〟を映すものであるのが本来の鏡のすがたではないか、と私は思っているが、それはまちがいだろうか。

　心の美しい人は、真実、その顔も美しい。心貧しければ、その貧しさを、心おごれば、そのおごりを、鏡は容赦なく映しだす。上っつらだけ気どろうが塗りたくろうが、それはアサハカ以外のなにものでもない。さきに、中年のきたなさは……と書いたが、人生の荒波にもまれ、試練に耐えてなお、心の美しく清々となった人、美しい心を持ち続けた人は、鏡に映ったその顔もまた美しい。白髪がはえても歯がぬけ落ちても、その美しさはだれにも及ばぬ気品と人間性に凛然として輝いていて、若さや化粧ではとうていかなう敵ではない。

　若さといえば、このごろの若い女性のお化粧は念がいりすぎて、ますます舞台化粧のようにくどくなってきた。あのメーキャップのまま外国へ行って散歩でもしたら、娼婦とまちがえられてもしかたがない。いったい、彼女らはその若さを強調すべくアイラインをひき、アイシャドーをつけ、つけまつ毛までして人目をひくのだろうか。それとも、若く至らぬ心をせめて化粧でカバーしようという心づもりなのだろうか。せっかくの若さを、ああもったいないことだと、私はじりじりしてくるのだが、いずれにしても、その理由は、やっぱり〝鏡〟がご存じよ、ということかもしれない。

『灰皿』

わが家には一見して灰皿らしい灰皿がない。〝灰皿とはこういう形のもの〟という確としたきまりがあるわけではないし、灰皿とは読んで字のごとして〝灰を捨てるための皿〟なのだから、その役を足すものならば何を使っても自由だろう。よごれればただちに取り替えなければいけないから、いくつあっても多すぎるということもないし、とっかえひっかえ違う灰皿が出てくるのも、来客へのささやかなもてなしになるだろうと思う。たまには固定観念にとらわれずにこうした生活の遊びをしてみるのも意外と楽しいものである。

灰皿ばかりでなく、たとえば着物の端ぎれがあるとする。帯のきれはしが残るとする。私はそれを何に生かそうかと布を前にして頭をヒネる。まわりをくけて花瓶敷きにしようか、いや、額のマットに入れてみたら……、帯と同じ紙入れもしゃれているし、裏を張ればふくさにもなる。

さらさのはんぱぎれは、唐紙のすそ張りにしたらとてもおもしろくなったし、地味すぎた帯はマホガニーの木のわくをつけてつい立てにしたら「フランス製ですか?」といわれて得意になった。

私はどちらかというと、家の中でモソモソしているほうが好きなので、こうしたことが何よりの楽しみなのである。

ある日、来客用のおしぼり入れをさがしにデパートへ行った。竹製のもの、一閑張り（器物に紙を張って朱漆にしたもの）のもの、プラスチックのもの、と種類はいろいろあったが、めいめいの入れ物におしぼりがのったさまはどうも料理屋めいておもしろくない。結局、私が買ってきたのは、おけの形をした杯洗であった。杯洗は日本酒の杯をやりとりするためのもので、現在は、そういうあまり清潔でない習慣は少なくなってきているから、私の見つけた杯洗も商品ケースのすみっこに押しやられてしょんぼりしていたが、持って帰って五色の大きなおしぼりを山盛りにしたら、なかなかオツな感じで私は大いに満足した。

ある人に陶器のスープ鉢をいただいた。陶器のふたが半分グルリと回るようになっていて、同じ陶器の大さじがついている。スープを鉢に入れてサービスするほどわが家の洋食は本格的ではないので、私は思いきってそれに剣山を置き、水を張って、花を盛り、食堂のサイドテーブルに置いて、陶器のさじを横にねかせた。主婦特有のケチの精神、もったいないというみみっちさが、こうして至るところに顔を出しているというわけである。

そんなわけで、灰皿も全く種々雑多だ。古い香炉、青磁の皿、卵焼き用の小鉢、はんぱ物の中国の皿、聖水鉢のミニチュア、中国菜の器、銅製の鍋、大正時代の氷水のコップ。こうしたものが、手当たりしだいにテーブルに出てくる。いずれもわが家の灰皿たちである。

『額』

本来、絵というものは額縁の中にあるべきもの、額縁の中には絵があるべきもの、と昔から相場が決まっている。

　スペインやパリの蚤《のみ》の市には、古くなってひび割れたり、バラバラにこわれたりした木彫や金泥の額縁のきれはしが山と積まれている店があって、人々は長い時間をかけてその山の中から、つぎ合わせて完全になるものを捜し出す。完全でないものでも、何かの参考にでもするのか、木彫のきれはしをつくづくとながめては買い求めていく人もある。

　絵を愛すれば愛するほど、その引立て役である額縁の見立てもいっそう念入りになるのは当然である。けれど、いくら気に入った額があったとしても、額を先に買ってからそこへ入れる絵を捜すバカな人はいないだろう。ところが、そのバカが一人いる。誰あろう、この私である。

　ところはパリの蚤の市。その日私はある店の前を、よだれを垂らさんばかりの顔でいきつもどりつしていた。その店先には、はがきほどの大きさのモザイクの額縁が二つ並んでいた。一つはすみれ、一つはマーガレットで、なんとも繊細で美しくかわいい額縁であった。けれど、中身の絵もないのに額を買ってもしかたがないし、第一こんな手の込んだ額にいったいどんな絵を入れたらいいのか見当もつかない。私はそう考えて、何度もあきらめようとした。そして……、しかし……、それなのに……私はとうとう二つとも買ってしまったのである。胸にかかえてホテルへもどり、机の上に並べて置いてみた。だが……、中身のない額縁はいくら美しくても、なんとも間のぬけた存在でしかなくて、私は早くも後悔しはじめた。

　いささか、持て余していたその二つの額縁の中に、絵をかいてくださったのは、パリ在住の藤田嗣治画伯であった。藤田先生が額にあてはめて絵をかくなどということは前代未聞のことだろうし、また、そんなことをお願いするのは失礼を通り越して非常識もいいところである。私はそういう無神経な奴を断然ケイベツする。そこでまた、だが……、しかしなのである。三日たって、二枚の絵ができ上がったというお電話を受け取ったとき、私は私の恥が本物になったことを思い知って赤面した。

　私はこうして、この美しい額を見つけたばかりに、自ら求めてバカで無神経な最低の人間になってしまったわけである。

　藤田先生は銀色のオカッパ頭をキラキラさせながら「お善がお秀にすみれの花をあげているところだヨ。額によく合うだろう。イニシャルも入れといた」とおっしゃりながら、二枚の絵を額縁におさめてくださった。恥ずかしさとうれしさとが私の心の中で交錯し、私はだまってペコペコと頭を下げた。このすばらしく美しくかわいい二つの額には、私だけの恥ずかしい思い出がしみ込んでいる。

PARIS
Foujita 59
PARIS
59 Foujita
NEUILLY
SEINE

『時計』

私は二、三年前まで、腕時計を一つしか持っていなかった。

銀座などをぶらついて、時計をすすめられるたびに「一つ持っているからいいの」と私は言った。店員は、一見はでな職業にみえる女優が、時計をたった一つしか持っていないことが信じられないといった顔で、お追従笑いをした。でも私は持っていなかった。

私は四十年間、容赦なく時を刻む時計の針におびやかされるようにして、寝たり、起きたり、働いたりしてきた。うれしいときには時の過ぎるのが惜しく、悲しいときは早く時間が過ぎてくれることを願った。そして、ときには時間にふりまわされることに腹をたて、時間をうらみ、時計までうらんだ。だが、それが、腕時計を一つしか持たない理由ではない。

私は夜やすむとき、時計の音がすると眠れない。といって時計の音がしなくても眠れない。私と時計の関係は因果にもそれほど深い仲になってしまっているらしい。チクタクと音を立てて時を刻む時計は、小さな心臓を持つ生き物のように思えてならないのだ。子どものようだがほんとうにそう思うのだからしかたがない。

私の家には、必要にせまられて置時計はたくさんある。旅行用あり、朝の目ざまし用あり、鏡台の上にも、仕事部屋にも、そして台所にも。が、どういうわけか腕時計は幾つも持つ気になれなかった。腕に巻いてもらえない時計がいたずらに時を刻みながら、だんだんと息も絶えだえになって、おしまいにはひっそりと黙りこくってしまうのを思うと、時計が狭い箱の中で窒息をしたような気がしてかわいそうになるのだ。時計はいつもチコチコ動いていてこそその価値があるので、しまっておくための時計たちのゼンマイをせっせと巻いてやる時間など、それこそ無い。

結婚記念に二人で贈りかわした、たった一つの時計を腕に巻いて八年たった。その後、スイスでまたお互いに外出用の時計を旅行の記念に贈りあった。ダイヤのはいった美しい時計だが、八年の歴史を持つ古時計より愛着は薄い。案の定、たいていは宝石箱の中で黙りこくって寝てばかりいる。

ゲオルギウの小説に『二十五時』というのがあった。人間社会の限度からはみ出した、異常な世界におかれた男の話で、ずいぶん前に読んだのに妙に印象に残っている。

いまの日本だって、考えてみれば多分に二十五時間的な状態である。なにを急いでいるのかしらないが、限度を越えた人間生活の怪テンポの中で、せかせか、ウロウロと浮き足立っている人間の姿をながめながら、時計はきっと「こっけいなやつらだね」と、思っているにちがいない。

『キイ・ホルダー』

団地やマイ・カー族が普及して、だれもが幾つかの鍵を持ち歩くようになった。それが証拠には、最近、外国からのおみやげなどに、キイ・ホルダーはとても喜ばれる。以前の日本で鍵といえば、一家の主婦が貴重品のはいっているたんすの小引出しの鍵をがま口の中に管理しているくらいのものだったが、いまや、表玄関のドアの鍵から、自動車の鍵、たんすの鍵、金庫の鍵から中にはごていねいに冷蔵庫やテレビの鍵まで、ジャラジャラとキイ・ホルダーにひしめくようになった。日本人の生活がいかに大きく変化しつつあるか、ということだろう。そこでやむなく〝鍵っ子〟などという現象も生まれてくるのだろうが、鍵一つで家の出入りが処理されるという、一見近代的な個人生活の長所の代わりに、向こう三軒両隣といった、昔ながらの日本人の人情のこまやかさのようなものはしだいに薄れていくようでちょっと心さびしくもある。昔のように祝いごとがあれば赤飯をたいて隣近所にその喜びを分けたり、年の暮れには年越しそばを配ったりする習慣を知らない若い人も多くなった。先年、中国へ旅行をしたとき、外出のときホテルの部屋の鍵をボーイに渡したら、ボーイがその鍵をまたドアの鍵穴にさし込んでにっこり笑った。あとで掃除でもするのか、と心を残しながら外出をしてもどってみると、鍵は依然として鍵穴にぶら下がっていて、部屋の中はきれいにかたづいていた。つまり、現在の中国では、鍵などという物騒(?)なしろものは全く不必要なものになっていて、ホテルでは外国人用の〝気休め〟のために置いてあるのだ、ということだった。中国という国を改めて認識させられたと同時に、私は〝鍵〟というものがいったい何のために存在するのか、とも考えさせられた。

メキシコで聞いた話だが、メキシコの〝鍵屋〟の技術は実に優秀で、ある鍵を見せれば十五分間で全く同じ鍵を作り、それもたったの一ペソ(日本金二十五円ほど)だそうである。したがって泥棒も多く、一度泥棒にはいられたらさっそく鍵をとりかえることになっているそうである。鍵のない生活と、家のまわりに高々とそびえるへいのない生活がもしできたら、それが真実のパラダイスというものではないかしら。あの鍵、この鍵と、大小いり交じってキイ・ホルダーにしがみついている鍵を見ながら、私はうっすらと自己嫌悪じみたものを感じていた。

5
FRANCS
1844

『扇』

男に捨てられて、顧みられない女を、昔の人は〝秋の扇〟などと言った。夏の間は肌身離さず愛しても、秋風が吹けばもはや扇の風に用はない、という男のかってな心。女を扇にたとえた含蓄のある形容がにくいほどにしゃれている。

近ごろは、用さえ足りればそれでよしとばかりに、言葉が単なる符号のようになり果て、味も素気もなくなって、ただあわただしく乱暴な時代だから、こんな形容もすでに過去のものか？　と思うと、ちょっと心さびしい。もっとも、夏になっても屋内に冷房が行き届いてきたせいか、扇子を持つ人も少ないようで、扇子そのものが忘れられていくのではいたしかたもない。こっちの頭が古いと言われるのが関の山である。

しかし、和服の場合には、扇子は、一年じゅうを通して実用品を越えて礼儀上の必需品である。たとえば、能や日本舞踊の始めと終わりに自分のひざ前に扇子を置くのは、相手との間に一線をひくという意味で礼儀にかなった所作であるように、和服で正式な場所に出るときは帯の間に小扇子をのぞかせるのが常識になっている。扇子をバタバタさせて涼をとる時代はなくなっても、和服の小扇子だけは、日本人の常識として、美しい習慣として、末長く残ってほしいと思う。

これは中国旅行のおりに上海で見つけた白檀の扇子。ひすいの耳飾りをつけた中国美人が、やんわりと宙をあおいで相手に芳香を送る、なまめかしい風景が目に浮かぶ。しかし、これも昔の物語。紅衛兵と白檀の扇子ではどうにもイメージが結びつかないようである。

『お香』

私は香水が好きだが、それにも増して、日本のお香が好きだ。木の色も落ち着いた日本座敷に、ほのかにお香のかおりがただよっている風景に接すると、「我、よくぞ日本人に生まれけり」と、うれしくなる。

先年、中国へ旅行したときも、バカの一つおぼえのように「香《シャン》、香《シャン》」とさがしまわり、北京や上海でお香を買いあさってきたが、日本へ帰ってきてたいてみると、いかにも濃厚で息がつまりそうになって驚いた。やはり、その国にはその国に合った匂いというものがあるようで、日本人には、どちらかというと、あわい花のかおりくらいがちょうどいいように思った。

わが家には残念にも日本間がないが、それでも来客を迎えるときには、お香をたいて、もてなしの一つにしている。ことに冬は、部屋の空気が古く（？）なっているし、ごちそうの下ごしらえのにおいなどもただよっていてぐあいが悪い。来客到着の三十分ほど前に家じゅうの窓をあけ放し、空気を入れ替えてからお香をたくのがわが家のしきたりである。

香は線香のようなものが簡単で便利だが、どうしても気に入った匂いのものが見つからない。といって、火鉢がないので、私の好きな練り香を埋めるぬく灰もない。いろいろ考えた末、古くなったお茶こしに練り香を一粒入れて、ピーナッツでもいるようにガス台の上で気長にころがしてみたが、思うような効果が出なくてあきらめた。最近、お香をたくための電熱器が売り出されたと聞いて、「やれ、うれしや」と飛んで買いにいったが、バカげて大きい蚊とり線香たきのようなもので、とても部屋の中に置く気になれず、がっかりした。だめとなるとなおファイトがわいてきて、私はどうしてもこうしても、なんとかして練り香をたきたい。

どなたか、炭火を使わずに、上手にお香をたく方法をご存じありませんか？

『紅入れ』

一年のうちで、いちばん郵便が来るのはやはり一月だろう。自分では年賀状を書かないくせに、たくさんの年賀状の中からふとなつかしい名前を見つけたときはやはりうれしいのだから、かってなものである。

戦前から現在《いま》に至るまで、差出し人の名前のない年賀状が一枚来るが、いつの間にか特徴のある字を見覚えてしまって心待ちにするようになった。羽を広げて飛んでいる小さなはとの絵がその人のサイン代わりらしく、そのはとを見るたびに「ああ、ことしもご無事で」などと心あたたまる気持ちになる。ほかにも一度も会ったことがないのに、文通だけのおつきあい（？）をしている人も幾人かあり、つくづくと人間と人間のつながりの不思議さを思い、タッチングというのか、「袖振り合うも多生の縁」なんていう古い言葉が浮かんでくる。

毎朝、大量の新聞といっしょにドサリ！と運び込まれる郵便物の大半は、私にとって迷惑でしかない何かの広告である。それらはただちに大きな洗濯かご（このかごがいっぱいになると焼却器を通過してすべてが煙になるという寸法）にたたき込むとして、なんとなく返事を書きそびれたり、返事のしかたを考えたりしている手紙がみるみるうちにたまってしまう。仕事が続いたり、旅行をしたりすれば、もはや手おくれになり、収拾がつかなくなる。それゆえ、こうした手紙を入れておく文箱はなるべく小さなものにしている。これ、すなわち、整理整頓のコツである。

この箱は昔、京都の舞妓さんが貝殻にはいった玉虫色の口紅を入れたものだそうで、黒地に赤い縁のちょいと色っぽいのが気に入って、私は手紙を入れる箱にしている。

「なんやねん、うちポストと違うで。手紙ばっかりぎょうさんつっこんで、ほんまにいけずやなァ」――文箱はブツブツ言いながら、それでも外国郵便の珍しい切手などを横目でチラリとながめ、まんざらでもなさそうである。

日本に古くから伝わるデザインは、たいてい外国からの到来物だが、唐草模様もその一つである。

〝唐草〟というと、女は、嫁入り道具のおおいや、大ぶろしきを思い出すにちがいない。厚手のもめんの緑地に白でかっきりと染め抜かれた唐草模様は、なんとなくやぼくさく、そして、なんとなくなつかしく、女心を郷愁に誘うのである。

あの簡潔な唐草模様のまわりにポチポチをつけて、たこの足のごとくに変形したのが、伊万里の特徴になっている、いわゆる〝たこ唐草〟である。現在でも、たこ唐草の酒徳利や皿が随所に見られるのは、当時このデザインが人々に喜ばれて、大量に生産されたということの証拠なのだろう。

それにしても、日本という国は、いや、日本人は、オリジナリティは少ないくせに、なんて物まねのうまい、要領のいい国民だろう、と、つくづくあきれてしまう。たこ唐草などというとぼけた模様を、いったい、どこのどんな人が考案したのだろう。

いずれにしても、当時、値の安い雑器に絵付けをしていた職人おやじにはちがいないのだろうが、その人柄はきっとユーモアがあって、想像力の豊かなおもしろい人物であったろうと私は思う。

写真をとる段になって、わが家には意外と〝たこ唐草〟の多いことに気がついた。焼き魚用に使っている長皿、いなりずし用の大皿、それに酒徳利、そばちょこなど。

写真の〝たこ唐草〟は、首の部分だけに、赤い、たこの足然とした柄がある。後ろのふっくらした酒徳利は、ずうたいは大きいが、上等のセーターほどの値段で、今でも手にはいる。

『花瓶』

「小引出し」

　今の家を建ててから十四年になる。

　私も当時は今より十四歳も若かったから(あたりまえだ)、断然、洋風の家にあこがれて、日本間なしの徹底的な洋館を造って得意になっていたものである。ところが、最近になって、大正生まれの悲しさか、いえ、ハッキリ言えば「寄る年波」というところか、むやみと畳が恋しくなってきて、ベッドにはいる前に一度はひざを折ってすわってみたくなってきちゃったのである。しかたがないから寝室のすみに和風のチャブ台などを据え、デパートで買ってきた大座ぶとんの上にベッタリとすわり込んでやっと安心した。

　すわると自然に背中が丸くなり、肩を落として、寝酒などチビリチビリと楽しんでいるサマは、どうみてもイジワルバアサンそのもので、われながら全くカッコ悪いがしようがない。

　さて、ドッコイショとすわり込んだが最後、もう立ち上がるのがイヤになる。そうなると無精は無精をよんで、今度はちょっと手をのばせば何でも用が足りなくてはいけなくなった。それなら用が足りるだけのものをはじめからそばに置いておけばよろしい。そうです。で、あっという間に、やれ灰皿だ、原稿用紙だ、赤鉛筆だ、字引きだ、といろんなものが集まって身辺にわかに忙しくなり今度はまるで小間物屋の店番でもしているような格好になってしまった。人間はすわっているだけで、どうしてこんなにたくさんのものがいるのだろうと呆然となったが、ほかにもまだまだ必要品があるのに気がついて慄然とした。

　この小物入れの台は、今の私にとってなくてはならぬ親友になった。小引出しには鉛筆、消しゴム、はさみにはがき、スコッチテープにはんこにつめ切り、ばんそうこうに睡眠薬、と、はいっていないのは老眼鏡くらいで(ほんとうです)、いっさいがっさい詰め込むことができて、便利この上もない。生まれは飛騨の高山で、昔はたぶん、旧家の長火鉢のわきか、隠居部屋にでも座っていたのだろう。「近ごろヤケに引出しのあけたてが激しいわねぇ」といった表情で、私の座ぶとんの隣に控えている。

『衝立』

わが家には客間が一間しかないので、主人と私の来客がしょっちゅうはち合わせをして困る。そんなとき、ちょっとした〝間仕切り〟がほしいとかねがね思っていた。

〝間仕切り〟というと、どうしても〝衝立〟か〝屏風〟のたぐいが浮かんでくる。事務所や美容院にあるような〝衝立〟ではまったくおもしろみがないし、純日本風な〝屏風〟ではおもしろすぎて、日本びいきの外国人の家のようになってしまう。そんなある日、知人から、龍村の帯をちょうだいした。格調あるりっぱな丸帯で、私のようなへなちょこが胴に巻きつけるには気のひけるほどの品物である。帯というよりは美術品に近いこの帯を「いっそ、衝立に仕立てよう」と、私は決心した。

枠は桜材と決め、小さな猫足に、二枚折りの〝間仕切り〟の四面に、その帯地を張った。そのできばえは、われながら満足そのもので、私はさっそくその〝西洋屏風〟を客間にかつぎ込んだ。そして〝西洋屏風〟は、二つの応接セットの間仕切りに、あるときは客間と食堂の間に、そして用のないときはコーナーの装飾に、と大活躍をしはじめた。

そして、それから十二年たつ。

〝西洋屏風〟は格好に色もひなびて、時代もつき、「場所も自信も心得て候」といった顔つきで、わが家の一員に納まっている。

『飾り棚』

　私は小さいころからお人形というものを買ったことがない。というよりも、どっちかといえば好きではなかった。子どもの時から子役として映画界で忙しく働いていたので、あちこちからいただくいろいろなお人形がうちじゅうにあふれて、いささか食傷ぎみだったせいかもしれない。『馬』という映画のロケーション先で、有名な鳴子こけしを一つ買ったら、今度は、こけしを収集しているというデマ（？）が飛んで、うちじゅうがこけしだらけになったことがある。

　およそ女の子らしくなかった私は、十代のころから古道具屋や骨董屋の店先をのぞく楽しみを覚えた。何もわからぬ若い娘が骨董屋の店先をウロついている風景は珍妙だったが、これには私なりのちょっとしたわけがあった。たまの休みに銀座へでも行ってウインドーショッピングを楽しもうとしても、すぐ人だかりがして、裏口から逃げ出したりしなければならない息苦しさと、常に人の目を意識している自分へのいたわりが、いつの間にか私を骨董屋へ逃避させたのだった。いつとびこんでもここばかりは森閑としていて、サインを強要されたり、人だかりがする心配もない。そして、古いつぼや皿や茶碗を見ていると、不思議に心が落ち着いた。あまりしげしげと道具屋へ通うので、そのうち主人とも顔見知りになり、あがりがまちへ腰をおろしてお茶などごちそうになるようになり、いよいよ私の最高のいこいの場になった。

　私がいちばんはじめに買ったのは、赤絵の小さな油つぼだった。その次はタコからくさの徳利を花瓶用に、その次は伊万里のそばチョコを買った。若い娘が、アクセサリーやブラウスの代りに骨董を買おうというのだから、もちろん由緒ある高価なものなど買えるわけがない。いうなれば、がらくた、半端もののたぐいである。それでも私はうちの中に古い匂いが一つ一つふえていくのが楽しくてたまらなかった。

　今でもその楽しみは続いている。あっちこっち歩きまわっては愚にもつかないものを買い込んでいつの間にか家ががらくた屋のようになってしまった。私は使用に耐えないもの、しまい込んでおくものは買わない性質なので、全部出しっ放しだから収拾がつかない。必要に迫られて、そのがらくたを載せる台をさがしはじめた。

　一つはイギリス製のきゃしゃなもの、一つはフランス製の、昔楽譜入れに使ったもので、ともに古道具屋でほこりにまみれていたものである。私はこの二つの飾り棚に、がらくたたちをとっかえひきかえ載せてながめて楽しんでいる。載るほうと載せるほうのバランスなど、私にはよくわからない。私にとってはこのがらくたはお人形の代り、玩具なのだから。

　昔、山ほどのお人形に囲まれながらも、人形遊びをする時間もなくヒステリーをおこしていたあのころは遠い日の思い出になった。お人形の代りにたくさんの古い物たちに囲まれて、私はいま静かなしあわせを味わっている。

　年月とは不思議なものである。

暖寿

うちの女中さんだったひとから、今朝「おめでた」の手紙がきた。誕生はまだ七か月もさきなのに「早くいい名前を考えて下さい」とうれしさにのぼせきっている。

同性の一人として、この世に生を受けるみどり児よ、魂清く健やかであれ、と願わずにはいられない。幼い者に対する無条件ないたわりは人の心を素直にやさしくするものである。

中国に、暖寿という習慣があるという。暖寿とは誕生日を暖めるの意、つまり前夜祭のようなもので、この日は身うちの人だけが集まってごちそうを食べながら、明日の誕生日を祝福するのだそうで、いかにも昔の中国をしのばせるゆったりとした行事である。日本でも母が誕生祝いの赤飯を炊いてくれたりした思い出は遠い子供のころの夢として心に残っている。しかし、おとなになってからも自分の誕生日を祝う気持ちになれるほど余裕のある人間が、今の日本に一体何人いるだろう。

日本では一日に四千三百人の生命が新しく誕生していると聞く。その子らが若者に成長するころには、暖寿とまではゆかなくとも、せめて「生まれてはみたけれど」の悲哀の代りに「希望」の二字を持たせてやれるような、落ちついた住みよい日本にしておいてやりたいものである。

カンカン帽子

私は「終戦の日」をロケーション先の館山でむかえたが『アメリカようそろ』という海軍映画では撮影続行もならず、ひとまず引上げの形になった。翌十六日の朝、私は寝不足の顔でモンペをはき、防空ずきんを持って東京行きの汽車に乗った。ギッシリこみあった車内はしらじらと静まりかえって大きな声を出す者もないうちに、汽車は乗りかえの新宿駅に着いた。

立ち上がりがけに、ふとホームへ目をやった私は、そこにヘンなものを見た。カンカン帽子、そう、あの白いムギワラのカンカン帽子である。その男は白ガスリの着流しにへこ帯を結び、カンカン帽子をかぶって、モンペとゲートルのどす黒く汚れた中に一人白く立っていた。真夏の太陽がギラギラとその白を照りかえしていた。私は今でもその人の気持ちがわからない。ただ何となく、そばへ走って行ってつきとばしてやりたいと思った事だけを覚えている。

それからひと昔もふた昔もすぎた。外側だけ見れば、戦争の跡はどこにも見当たらない日本である。金こそないが、町には流行のスタイル、豊富な食べものがあふれ、人々は娯楽にうみ、刺激を求めトッピなものでさえあれば興味を持つ。いきおい人の意表をつくことばかり考える連中もいる。ゲイ・ボーイ、お化けのようなメーク・アップ、そしてこれでもかと美人のはだか。しかし私にとってはどんな売出し技術の名人も、あの八月十六日のカンカン帽子の印象の強烈さには到底敵ではないと思えるのである。

宝石

ちらッと読んだ、ある女性の随筆に、こんなことが書いてありました。

女はオカッパの少女のころから、赤いガラス玉の入った指輪が欲しかった。女工になって、白い作業衣と白布に髪を包んでからも、赤い指輪のその夢を忘れたことがなかった。女は恋愛をした。相手の青年は進歩主義の行動隊の一員だった。二人は結婚し、二人はせっせと働いて、二人はやっと自分達の小さな家を持った。一年たって、女は角の時計屋で指輪を買った。細い金の台に小さな赤い玉の入ったその指輪は、節の高い女の薬指の上でキラキラと赤く光って「自分の指輪」だった。女の胸はこの上もない幸福に酔ったように高鳴った。若い夫はその妻を見つめてこういった。「そんなものをはめて何になるんだ。僕達にはもっと大事なことがあるはずだ。お前はバカだ」女は泣いた。しかし、指輪を返しにゆく気にはなれなかった。暗い女のガマ口の中で、指輪は一年息をひそめて暮らし、そして、夫と妻は別れた。

かたくなな男心

そして、哀しい女心

どちらも若い一すじの心がさせた物語です。

私はこの物語をなぜか忘れることができません。

おじさん

私が、おじさんと呼ぶ人はこの広い世の中にたった一人しかいない。親戚でも何でもない呉服やのおじさんである。おじさんは六十五歳。がっしりとした体と二重まぶたを持ったチャキチャキの江戸ッ子である。江戸ッ子の商人は我が強く成功しないといわれるが、おじさんも気性の激しいガン固もので、相手の見境なくにくまれ口をたたき、気が向かなければ四角にすわって側の反物に手をのばそうともしない。お客はとりつくシマもなく、これも手を束ねて哀れである。おじさんの目が、うっとりと夢みるように輝くのはほんのいっとき、それはひざの反物をゆっくりとたぐってジッと見入るその瞬間である。

その目は決して浮気な目ではない。何十年来、愛するものを一途に見つめて生きてきた自信と誇りに満ちていて美しい。

おじさんの奥さんがなくなった。ヒスイのかんざしと結城の似合う優しいひとだった。おじさんに「ババア」と怒鳴られながらもニコニコとほほえんでいた奥さんは、不意に倒れて、おじさんを男泣きに泣かせた。黒いリボンの写真の前で、お線香の煙にむせながら、おじさんはポロポロこぼれる涙をぬぐいもせず、子供のように声をあげて泣いていた。

あわせのなつかしい秋が来る。おじさんはきょうもまた、一人っきりで四角にすわって店番をしているだろう。

おじさんは「この店は私一代きりですよ、息子はあとをつぐのをいやがるんでね」と、悲しそうな顔をしている。

運動会

近所の小学校の運動会の様子が、風に乗って運ばれてくる。スピーカーから流れるレコードの歌声、子供達の健康な歓声、先生の吹く笛の音、そして、くっきりと澄みわたった青い空。そのなごやかさの中にぼんやり身をひたしていると、自分の子供のころがよみがえってくる。運動会の朝は、白いシャツに黒いブルマー、オカッパにはキリリとはち巻きを締めて、新しい運動ぐつのひもを結ぶ間ももどかしく家からとび出して、小学校への道をまっしぐらに走ったものだった。

プログラムが進んで、いよいよ私達の競走である。一列になってスタートラインに並び、先生のピストルがダン！と鳴って、子供達は鉄砲玉のように走り出す。しかし、私は最初からビリである。遠くおくれて、一人でゆっくりと走ってゆく私は、ケガをするのが何よりもこわかった。転んで顔でもすりむいてはならない、体のどこかにかすり傷一つつく事さえ私は恐れた。でも、会場の人たちが一斉にビリの私を見てあざ笑っているような気がして情けない、口惜しい、私の小さな頭の中で、この二つがグルグルまわって目まいがした。私は五歳から映画の子役で、十歳の時にはもう一人前のスターのようにあつかわれていた。

幼いころの、小さな思い出である。けれど、今でも小さな子役や歌手を見ると、ふッとあの運動会が目に浮かぶのである。そして「思いきり、のびのびと走って、走ってほしいな」と、私は口の中でつぶやいてみるのである。

秋

青空が高く高くなって秋、衣がえの季節である。夏じゅうタンスにとじこめてあったアワセの着物を取り出し、部屋いっぱいに張りめぐらせた細ビキに、パッとひろげて一枚一枚とかけ渡す。タモトからハラハラとこぼれるナフタリンの小さな袋が、半分ほども薄くなっていて、タンスの中で身を細めた息苦しさを訴えてくる。

色とりどりの着物の中で一息ついて、女は考えるのである。「今の私に、もうこの柄ははでで、この次の着物を作る時は裏地は紅でなく白にしなくてはね」またはこう考える。

「こんな柄はまだまだ地味だわ、ふけてみえてはソンだもの。いっそ染めかえようか」裏地のベニがまばゆいのは、心にかげりの出来たためか、柄の地味さがうっとうしいのはもうこれ以上年を取らぬと決めたからか。

半年ごとに女は着物と自分を見比べては、いつか自分自身のうそのないしあわせの尺度をつもってみているのである。いずれにしても半年前の着物は鏡のように女の心をあるがままにうつしてようしゃもない。

アワセを羽織って、そでを通して、さて、冬に立ち向かってゆく気構えか、または寒さに肩をすくめる心細さか、着物は女をためすようにゆらゆらとゆれて、ナフタリンのにおいを風にのせている。

金

人間の欲は、地位と名誉と金を先頭に、色欲、食欲、物欲といろいろあるが、さて生きてゆくのに先立つものはといえば、値うちが下がったとはいえやはりオカネ、現金である。

とことんまで貧乏をしたことのある人間は、金の有難さがいやでも骨身にしみると同時に、金への恐れも無くなるものである。ちょうど戦地で弾丸の下をくぐってきた人間が、自分の命を再認識するとともにこの世にこわいものが無くなるように。

しかし、お金はこわい。親友はおろか、親子兄弟の仲まで引き裂く力と冷たさの持主でもある。それが証拠にはちょっと身辺を見まわしても利害関係のない人づきあいほど長く続いているものである。古いところでは、浜松の「封印切り」も、金というカタキ役あってこその名作である。

使いようで切れるのはハサミばかりではない。金に執着しすぎるのも金を軽ベツするのも、共にみにくく浅ましい。といっても、貧乏人は麦を食わない方がいいに決まっているし、ぜいたくは「素敵」だ。金は欲しいが、仲々厄介な代物である。

世に日和見主義とか中立を持してゆくのは、他人もわれもスッキリしなくて「気ぶっせえ」なものであるが、こと金に関する限りは、中庸第一とゆきたいものだ。

つり皮人生

電車のつり皮とは妙なものである。目の前にギコギコゆれているだけで一種の安心感があるもので、私は女学校時代に成城からお茶の水までの間、何とかしてあれにブラ下がらずスッキリと立っている工夫はないものかと苦心したものだが、時々グラリとくる大ゆれに備えて終始足をななめにふん張り通しで気をはっているのはなかなかに疲れるものである。

反抗期の少年少女にとって、一番目ざわりなものはつり皮的存在のようであるが、お節介で甘ったるく、およそスマートでないと軽ベツし、顔をみるさえイマイマしいそのくせに、やはり時々横目でチラリと父つり皮や母つり皮の存在をたしかめてみているのは無邪気で愛らしい。長じて大学の門をくぐれば、老眼鏡や、頭の薄くなった教師つり皮の出現である。もっとも、最近ではこのつり皮、意外に頼りにならないのもあるらしく、うっかりブラ下がろうものならもんどり打ってシリもちをつくこともあるらしい。人の子の親となり、更年期もすぎて、心身共にあきらめの境地に至り、みずから養老院行きの切符などを買いながらも、心のすみではまだ「死に水は我が子に」とつり皮を欲しているのが親の常である。

釈迦の説法「他人を頼りとするなかれ」とは、言い易く為しにくいとつくづく思うが、今日は釈尊の時代ではない。政治というつり皮なくしては私達は生きてゆくことは出来ないのである。つかまり易く、強靱な政治つり皮は一体、いつになったら私達の目の前に現われてくれるのだろう。

あと始末

女中さんがふくれている。毎朝、門の前に犬のウンコがあるのだそうだ。言われてみれば私も、一、二度門の前で主人と散歩中の真っ白なスピッツが用事ありげに立ちどまっているのを見たことがある。私が門を入る時、犬はジロリと私の顔を仰ぎ、人間は煙草のけむりを吐きながら、あらぬ方を見て立っていた。このあたりは人通りも少なく木も多く、愛犬家には格好の散歩道である。しかし朝夕のウンコの置き土産はありがたくない。

いつかの夏、こんな風景をベネチアで見た。ベネチアの交通機関はすべて水の上である。地上の細い道には自動車も自転車も走っていず、すれ違うのは人間ばかりである。向こうから粗末な服を着た足の悪いおばあさんが、これも腐ったような犬を連れてヨタヨタとやって来た。犬がふと立ちどまって小腰をかがめ、おばあさんはモソモソと新聞紙の切れはしを出す。何をするのかと思ったら、おばあさんはヒョイとかがんで犬のウンコを拾いあげ、アラ、と思う間にスカートのポケットへ入れてしまった。

全く自然な動作であった。もの珍しそうに口あんぐりとながめていたこっちの方がテレるほどのさりげなさで、ウンコはポケットに納まったのである。きたなさに顔をしかめるのも忘れて、私はヒョコタンヒョコタンと遠ざかって行く二人？の後姿を見送っていた。

御時勢とは？

「どじょうは熱帯魚である」なんて言おうものなら、小学生にだって笑われるに決まっている。百科事典には「どじょう科。淡水魚。浅い水田やみぞに住み、泥にもぐる。食用にはナベものや汁にして珍重される」とある。しかし、そのどじょう科のシマドジョウを熱帯魚というふれこみで海外へ大量に輸出し、たんまりもうけて御殿まで建てた人がいるそうである。たくましき商魂は、百科事典まで変える気か、と驚いた。

私の知人の雑誌がつぶれる。彼はガリ版からはじめて三十余年、愛情をただ雑誌ひとすじにつないで今になった人である。最近の週刊誌ブームとやらのトバッチリで、売れゆきはじり貧、借金がかさみ、利息に追われ、職場は人手に渡った。「質を落とす位なら、いっそやめた方がいいのです、だれが悪いのでもありません、御時勢です」そう言ってメガネをはずして汗をふいた。私は言葉もなくて、胸がいたんだ。

二つとも、はたから見れば小さな世界の出来ごとかも知れない。

御時勢のさせるちょっとしたアクシデントかもしれない。けど「御時勢」とは一体なんだろう。御時勢というつかみ所のない化けものの中にすわって、シンからユウウツなこのごろである。

ハチ公と考える人

渋谷の忠犬ハチ公の銅像は、今ではその由来より格好な待ち合わせ場所の一つとして、より有名になっている。何年間も勤めから帰る主人を迎えに通いつづけ、主人亡き後にも毎夕、渋谷駅前に主人を待ち続けて死んでいったハチ公の像は戦争中、金属回収で一度とりこわされたが戦後復活して、いままた、台の上から友人や恋人を待ちあぐねる人々の顔を見下ろしている。

最近は、国立美術館内のロダンの「考える人」が、待ち合わせ場所のニューフェースとして大いに利用されているようである。それも、待ち合わせて後、名画名作の間をそぞろ観賞しながら、お互いのお脳の程度も観察しようという、お見合い組がもっぱら多いそうである。たくさんの彫刻の中から、ことさら「考える人」を選ぶのは、ハチ公の「情」に対する「知」とでもいうべきか、世のうつり変わりの一端をみるようで興味がある。

今日では、ハチ公的「情」は頭から古いとけいべつされ、考える人的「知」もまた、不健康にゆがめられてゆくばかりで、二つとも次第に本来の姿を失いつつあるという心細い存在でしかない。自分の票を集めるためには万金をバラまいても、グラマンがロッキードに変わることについては考えようともしない人間が国民の生死をつかさどる世の中である。

遠い外国から、はるばる日本へやって来た「考える人」は、たくさんの考えない人たちにとりかこまれて、一人で、何を考えているのだろう。

黒

「お悔みに行くのよ、つらいわ」。そう言ってお隣りの奥さんが坂をおりて行った。その喪服のうしろ姿を見て、「黒っていいな」と思った。喪服の女が美しく見えるのは定評があるけれど、しかし、潤《うる》んだ心と伏せたまぶたがあってこそ、はじめて黒の喪服がものを言うので、黒は気持ちで着る色だと、つくづく思う。

　白も黒も、のっぴきならない色である。白は気高く潔癖で、黒は内にひかえて沈む色。西洋ではいきな色とされている黒も、日本では政治の黒幕、腹黒いやつ、相撲の黒星、犯人は黒か白かなどと、ろくな形容には使われないし、せんじつめれば抹香《まっこう》臭く、しょせん

黒は凶に通じる色である。

　着こなし上手《じょうず》といわれる人にも、黒はなかなかの難物である。若い人には似合わないし、乱暴に着ればやぼになる。人生の雨風をくぐった年輪を、黒一色で生かすか殺すかは、その人のセンス一つである。つまり、黒は一癖も二癖もある人の着る色と言ってしまえば、黒が似合うというのは、あまり自慢にもならないことかもしれない。いずれにしても、黒を着るのはちょっと〝かくご〟のいることである。

あの日から……

果物屋の前を通った。冬だった。りんごの赤さに目をとめた私は、オヤ、と思って立ちどまった。りんごのそばに男の子がこっちを向いて立っていた。じっと私をみつめている眼が変に大きく真剣だった。年は十歳ほどにしかみえなかった。

寒さに鼻の頭を赤くし、その下に二本の洟《はな》をたらし、頭でっかち寸足らずの身体に屋号を染めた大きな前かけをしめていた。新しく来た小僧らしい。

春、また果物屋の前を通った。頭でっかちの小僧が、主人にこづかれながら客とレジの間を横っとびに飛んで行った。

それから、果物屋の前を通るたび、私は無意識にあの小僧を目で探すようになった。小僧は必ずいた。大きな頭を振りふり前かけのすそを蹴とばすようにして働いていた。私が苺を買ったとき、小僧は私の選んだ苺をじっとみつめ、沢山の苺の箱の中から自分の選んだ箱をだまって差し出した。背は少しのびたようだが、もう洟をたらしてはいなかった。

五年たった。小僧はまだいた。頭は相変らず大きく、背は五尺足らずでとまってしまったらしい。大声で「いらっしゃい」と叫び、元気そうだった。そして私の顔を見るたびにペコリと頭を下げた。主人はレジの前に腰かけたきりで店先きには出て来ず、小僧一人が何人もの客の間を機敏に走りまわっていた。

あの冬の日から、もう十六年経つ。果物屋は倍ほどの広さに改造され、小僧はチビのまま青年になった。レジの前にいた主人は姿を消し、その代りに二人の少女の店員がふえた。

私はこの頃、果物屋の前を通るとき、青年の笑顔を見るのが楽しみだ。あの明るい笑顔は彼が自分の力で築いた笑顔であることを、私が知っているからなお、楽しいのかもしれない。耳にすいかけの煙草などをちょいとはさんで、器用な手つきでりんごを磨いている青年の姿は自信にみちた商人そのものである。その姿に二本の洟をたらして寒そうな、あの冬の日の小僧の姿がダブって見える。私はそしらぬ顔でみかんを買う、青年は笑顔でみかんを袋に入れ、最後にもっと値段の高いみかんを一個、ポンと袋に入れることを忘れない。

私はそんなとき、十六年の歳月をこの青年の上にみる思いでちょっと胸が痛むのだ。「毎度ありがとう、またどうぞ」という声に送られて、私はみかんの袋を抱えて黙って店を出る。「がんばって」という声にならない言葉を残して――。

顔とツラ

人間の顔にはもうひとつの名称がある。それはツラである。

顔とツラは同じものだが、受ける感じはずいぶんちがう。

人間、六十歳になったら、自分の顔に責任をもて、という。たとえ、「顔」にはなれなくても「面」にはなりたくないと思う。

五歳で俳優になって、以来四十余年間、私はのべつまくなし鏡に向ってメークアップをし続けてきた。少女から老婆まで、いったい何十人、何百人の他人に化けてきたことだろう。

女というものは不思議なもので、メークアップによって半分くらいは、それらしい気分になるものだ。ズンベラボウの顔にザンバラ髪では冴えない気分もちょっと美容院へ行き、口紅ひとつつけるだけで浮き浮きするように。俳優もまた、メークアップによって、その役柄の人間に近づく努力をするわけだが、なんとしても一人の顔という土台は一つしかない。あとは演技とやらで、それらしい人間を表現する他はない。第一、いくらおでこにシワを画いてみても後ろ姿になればシワは見えないのである。俳優にとってメークアップは限度があるということで、メークアップはあまりアテになるものではなく、その役の人間らしく粧う衣裳、髪かたちなどの一部くらいに思っているほうが間違いがない。

昔、「化粧」は女の身だしなみとされていた。そして身だしなみは「女のつつましさ」に通じていた。しかし、時代が変わるにつれてミディ、マキシ、など服装の流行につれてメークアップのほうもまた、タヌキの如き目の化粧、糸の如き眉、ハート型の唇、といった風に目まぐるしく流行するから、とても一つの土台では間に合わず、土台そのものをけずってみたり、ふくらませてみたり、と、なんとも忙しいことである。あげくはせっかくの「顔」が「ツラ」になってしまったり、「ツラ」が「顔」になりそこねて自殺をしたりする。美しくなるためとあれば、それもこれも同性として気持はわかる。けれど、当人にとっては「顔」のつもりでも他人から見れば「ツラ」にしかみえない、ということだけは忘れないほうがよい。

私の友人が、出産のために香港の産院へ入院した。ある日回診に来た中国人の医師は、ベッドでグンニャリとしている友人を見てこう言ったという。「妊娠は病気ではないのですよ、ちゃんと口紅くらいつけてキチンとお化粧をしていなければいけませんね」

化粧をすることは、もちろん美しくなるためである。なんのために美しくなりたいのか？

「恋人のために……」

「他人にみせるために……」

「自分の楽しみのために……」

人によって、それぞれの理由はあるだろう。が、私はこの中国人の一言にこそ「化粧」の真髄があるのではないか、と思う。

「顔」になるのも「ツラ」になり下がるのも、すべては当人次第そのカギはその人の〝心〟がにぎっている。

ロジャースの涙

サンフランシスコでミュージカルの「ハロー・ドーリー」をみた。主役は昔フレッド・アステアと組んで楽しいダンスを見せてくれたジンジャー・ロジャースだという。私はなつかしい気持ちで劇場へ入った。観客席は超満員であった。音楽が鳴り、幕が上がって、さて、登場したロジャースは、昔日の面影もなく、ギスギスして、ただ口ばかり大きな老女であり、殊にしわがれた大声には、私は当惑し、失望を感じた。

考えてみれば、彼女が美しい肢体に金髪をなびかせてステップを踏んでいたのは、今から三十年も前のことである。現在五十歳をとうに越えているのは当然であり、ミュージカルの主役には全くお呼びでない年齢である。

ロジャースは引退興行の名目で「ハロー・ドーリー」に登場したのだという。俳優としてのピリオドをうつためとはいえ、何故いまさら、はなやかな舞台上に醜態をさらすようなことを彼女はするのだろうか。忘れられぬ過去への郷愁のためか、それともオールド・ファンへの単なる決別のためなのか……。しかし、そんなことを考える私の心とは反対に、私の目はだんだんと舞台上の彼女にひきつけられていった。と言っても彼女の芸が優れていたからではない。

ロジャースは、文字通りの大車輪で、舞台中を飛びまわっていた。幕がすすむにつれ、ダンスのステップは乱れ出して、歌のあとのセリフは息切れがして、ヨロめいては足を踏みしめた。そのたびに観客がハラハラするのが私にもよくわかった。待ったなしの音楽に彼女はキリキリ舞をし、表情にも、ドーリーならぬ真剣なナマのロジャースが現れ、その必死のさまは、同じ俳優の仕事をもつ私の心をおびやかした。

舞台は、楽しいミュージカルの雰囲気とは全く別な、ロジャースの執念の場になり果てて、幕が下りた。

カーテン・コール。観客席から、さかんな拍手が起こった。汗まみれになり、ぜいぜいと荒い息を吐きながら、ロジャースが現われた。二回、三回、と拍手に応える彼女は次第に泣き笑いにゆがむ顔で深々と頭を下げた。その彼女の上に、また、新しい拍手が降った。

しかし私は、その拍手の中にたくさんの「哀れみ」の音を聞いた。彼女の醜態は他人ごとではない。哀れみの拍手を求めてまで俳優は演技をすべきだろうか。それとも、俳優というものは醜態のくり返しによって新たな力を生み出すのだろうか。私は大きな疑問に包まれたまま、ロジャースの涙をみつめていた。

シロ

女優の仕事は、いわゆる「自由業」で、サラリーマンのようにハンコで押したような毎日の勤めはないが、その代り日曜、祭日、すべての世間（?）の休みという日はない。人が休んだり寝たりしている間を気狂いのように働いて、そんな生活が何か月も続くかと思うと、仕事と仕事の間にポッカリと何か月もヒマが出来ることもあり、なんとなく一年じゅう落ちつかずギクシャクと暮らしている。少々ギクシャクしても頂くものをたんと頂くんだからいいじゃないかと思われても仕方がないが、好むと好まざるにかかわらず、ヒマな時は一銭のお金も入らない。入らなければ困るから、ヘンにあわてて御用聞きにまわったりして、結果ヘンな仕事を摑み、それが元で、元も子もなく永久にポシャッたりする。妙な商売である。

この夏は、ミヤコ蝶々さんの自叙伝『女ひとり』の映画を撮ることになっていたが、相手役（私の旦那さん役）と二人のスケジュールが一杯で、延期になった。苦手な夏に仕事が無くなったのはありがたいが、その代りに全く収入がない。けれど、この年になってあわてるのもシャクだから、軽井沢の小さな家で人並みに避暑としゃれこんだ。主人とお弟子さん、運転手さんと私の四人暮しで、私は一日じゅう、掃除、洗濯、買出し、炊事と、おさんどんである。

ある日、ゴミ捨て場の穴のところに、腐ったような犬が一匹、死にかけていた。セッターかなにかの雑種らしいが、飼い主が東京へでも帰ったのか餓死寸前でヨロヨロしていてお助け下されといった目付きで私を見上げた。尻尾を振る気力すらない様子に可哀想になり、タタミイワシを一枚寄付してやったのが運のつきで、毎朝、毎晩食事どきには台所へ現われるようになってしまった。私は、男三人の他にもう一匹を養わなければならなくなったのである。骨と皮ばかりであったその犬は、四、五日もするとみるみる元気になって、ずっと昔から「この家の犬だよ」といった顔で居座り、物売りなど来ると、一応殊勝げに「ワンワン！」などと吠えるようになったから現金なものである。洗ってあげたら耳に黒のまだらが現われ身体は真白に輝いて、どうやら犬らしい外見も呈してきた。名前を考えるのも面倒なので、「シロ」というどうでもいいような呼ばれ方をするようになったが「シロや」と呼ぶと、愛想よく尻尾など振って、満更でもないらしい。

十日もすると毛並みも揃い、肉もついてきたので、近所の人たちもヒマにまかせて可愛がったりするので食べものに不自由しなくなったらしい。それで、犬なりにチョイチョイ浮気をするようになってきたのである。ときどき姿をくらましては思い出したように顔を出し、元気にそこらをはねまわったりするのである。

その内に、生イキにも食物のえり好みまでして、鮎の骨などやってもソッポを向いてこっちを振り向こうともしなくなったのだからあきれた奴である。少々いい血統が入っているにしてもなんという現金なふるまいであるか。犬は三日飼えば一生その恩を忘れないなんて、大ウソもいいところで、全くもってけしからん。私たちが東京へ帰ってしまえば、また前のようにショボたれて、のたれ死でもするのが関の山だぞ。

　私はシロをにらみつけながら、そんなことを考えている内に、ふっとおかしくなった。

　人間だって、この女優の私だって、しょせんシロと同じようなものじゃないか、と思ったら、なんとも情なく、おかしくて、一人でヘラヘラ笑ってしまった。そんな私を、シロはデレンとねそべったまま上目使いでジロリと見た。

　私は、東京へ帰るとき、近所の人に「シロ」を飼ってくれるように頼んできた。その人はこころよく引き受けてくれたから、これでシロも餓死からまぬがれて幸せになることだろう。

　どうやら、人間さまの私より、お犬さまのシロの方が割りがいいということかもしれない。

おかげ人生

「ほんとうの教育者は」と問われて、だれの頭にも浮かぶのは、たぶん、優しい母や、可愛がってくれた小学校の先生や、長じて薫陶を受けた恩師や、よき先輩、友人などのなつかしい顔だろう。

　しかし私には、その中の一人として心に浮かぶ人はない。

　それは決して「自分一人の力で生きてきた」という思いあがりではなく、一般の人々が幼少から歩む、ごく普通の道を、私は全く通らずに、五歳の年から子役としての職業を持ち、ほとんどを映画界という特殊な場所ですごしてきたからである。

　私は大正生まれだが、撮影所に働く人たちは明治生まれの大人ばかりだったから、私の耳学問は自然に変則的な知識にかたよっていった。さぞ、こましゃくれたイヤ味なガキだったろう。

　もの心ついたとき、私は「女優」という職業に疑問を持った。が、イヤだといっても女優をやめては親子三人ヒボシになる。とにかく、仕事というものは好ききらいでするものではないと割り切った。幸か不幸か、軽佻浮薄、冷酷無残な映画界は、自分自身を鍛えるにはじつに格好な場所である。

　私の人生は不信と反抗の精神にはじまったといっていい。仕事には恵まれすぎるほど恵まれた。そんな人生の皮肉を感じながら、ひとりギクシャクしているうちにはや四十余年もたってしまったというわけである。

　私は、結婚以来十六年間、主人の仕事である脚本の口述筆記を受け持っている。早口の主人のテンポに合わせて、一日に五十枚、百枚と原稿用紙のマス目を埋めるのはなかなかつらい。主人は「お前は丈夫なんだねえ」と言うが、とんでもない。私は決して不死身の女ではないので、こっちからいわせてもらえば、いくら愛する主人のためとはいえ、ものには限度というものがあるのである。ただ、その限界を越えたとたんに、その作業は主人のためではなく、自分とのたたかいに切り替えるまでのことなのである。そのちょっとした切り替えがまた別の力を生んでファイトがわく。人のためにすることと、自分自身をためすのとは全く別なことで、私のような欲の張った人間にとっては意外と利用価値があるのだ。

　私はいつもそうして、一人でものごとを判断してはたたかってきたし、たたかうことになれっこになっているらしい。なにしろ、耳学問育ちで自己の考えが貧困だから、私の中には常に二人の私がいて、ああでもない、こうでもないとやかましい。その一人は、怠けものでケチでズルくてバカであり、もう一人は、そういう私を叱咤《しった》激励、なんとか帳じりを合わせようと、ムチ振りあげて私を追いまわす、サーカスの団長のような私である。

　ほんとうの教育者とは、学識あり、経験豊かで人徳そなわり、尊敬される人間をさすのだろう。私もそういう「ほんとうの教育者」にめぐりあいたいと願わぬわけではなかったが、こうまでヒネてしまってはそれも手遅れとあきらめるより仕方があるまい。私はさしずめ、サーカスの団長くらいでがまんするのがいいところだろう。

　考えてみると、四十余年という長い間、すぐに心に浮かぶ特定の人の面影はなくても、数えきれぬほどにたくさんの人たちの恩恵を受けて私は生きてきた。たとえ、それらの全部が「親切」や「愛情」や「教育」でなかったとしても、なんらかの意味で私に問題を投げかけてくれたことに変わりはない。私はそれらの人のおかげで生きてこられた。私は私の人生を「おかげ人生」だと思っている。

　私の人生のルールは、はじめからちょっと狂っていたようだが、それも、これも、今ではみんななつかしい過去になりつつある。「甘えず、静かに、大らかに」と、私の耳もとでささやく、私の中のサーカスの団長のムチに追いまわされながら、私はこれからもギクシャクと生きてゆくだろう。

私の耳

　私の耳は、片方しか聞こえない。

子供のころ中耳炎をわずらってアッという間にツンボになった。

　以来、たった一つ？　残った耳のお世話になっているが、人間の身体はよくしたもので私の片耳は正常の耳二つ分を上まわるほどよく聞こえてくれるらしい。たとえば、どんなに小さな地震でも、身体に〝ゆれ〟を感じる前に、私の耳には地震がやってくる足音が聞こえ、電話のベルが鳴りひびく前に、私の耳はかすかにその前の電話器の予告音を捕える。ツンボの早耳とは、よく言ったものである。

それが、ある日、突然、十五、六歳のころだったろうか、私の耳にいちばん聞こえにくい音は、なんと私自身の声であるということに気がついた。私は五歳から映画界にはいり（当時は無声映画）八歳でようやくトーキーになったので、年がら年じゅう、自分の顔を見たり、声を聞いたりする生活から逃れられぬ運命にあったのだから、「自分の声が聞きとりにくい」のを発見したことはショックであった。

どんなに一生懸命にセリフをしゃべっても、マイクを通して聞こえてくる私の声はモゴモゴとして、めりはりもない一本調子で、面白くないのである。困った。なにしろセリフをしゃべらないことには食べてゆけないのだから、なんとかしなければならない。

そのころはもちろんテープレコーダーなどという便利なものはなかったし、あれこれ考えた私は「声楽の発声を習ってみたら」と思い立って、早速に、当時のオペラ界の第一人者である奥田良三、長門美保両先生の門をたたいた。先生は一流でなければ気のすまない私だが、この際どんなに立派な先生でも一人では足りないほど事は緊急を要するのである。

偉い先生方はそれぞれに忙しく、一週間に一度か十日に一度、それも一時間のレッスンしか望めない。二人なら倍の時間のレッスンがとれるという一方的な理由で、私はしゃにむに、代々木八幡と千駄ヶ谷の両先生のお宅へ通った。

幸か不幸か、私の片耳はひどく要領よく出来ていて、だれかが二、三度メロディの見本を示してくれれば歌などスラスラおぼえてしまう。その代わり、いつまでたっても楽譜が読めなかったのである。

弟子入り第一日目、私は簡単な譜面を手渡されてうろたえた。奥田大先生は、と横目で見ると、豪華なエンジ色のガウンを着て、立派なピアノの前にデンと腰をすえ、フクロウの如きデッカイ目玉をむいて、じっと私の口もとをにらみつけている。私のわきの下に冷汗がツイと流れた。絶体絶命、進退ここにきわまった私は必死の思いでおたまじゃくしを追いながら、一音一音、読みあげてみればなんだ、コリャ、ポッポッポ、ハトポッポではないか、私はビックリを通りこしてアホらしくなり、アホらしさを通りこして笑い出しそうになった。

長門先生のほうは、これまた大変で、先生の口が大きくあいて「アー」と音声を発したとたんに、家中の窓ガラスがビリビリと鳴りさわぐのに、私は腰をぬかしそうになった。レッスンを終えて帰途につく私は、不思議におなかがぺこぺこになっていて、コロッケやしょうじん揚げを思い浮かべるだけで、唇のはしにヨダレがにじみ出るのに閉口した。

両先生は、とにかくコワかった。が、私はファイトがわいた。なにがなんでもこの先生方にかじりついて、モゴモゴから脱け出さなければならない。

こうして石の上にも三年の後、私の耳はようやくセリフらしいセリフを聞けるようになったのである。モゴモゴがいきなりオペラに弟子入りとは乱暴ではあったが、かえってそのくらいの荒療治が私には向いていたのかもしれない。スウスウともれていた息のすべてが声になり、小声でも大声でも自由自在にピタリとマイクにおさまるようになったのがうれしかった。俳優には最低の条件があるが、セリフを明確にしゃべることはその条件以前のことなのである。私の発声練習の成果は、戦時中、日本軍隊の慰問団の一人として歌った時にも大いに発揮された。ハトポッポは歌わなかったが、広い飛行機の格納庫に作られたステージで、マイクロフォンなしで歌えたのは私だけではなかったろうか？

私にとって、発声の練習は、俳優の仕事を全うするための手段であったけれど、考えてみると、素人でもモゴモゴのご仁は、オペラの発声をこころみるのもむだではないと思う。思いきり、おなかの底から声を出すことは、ストレス解消にも役立つだろうし、明確な、声の美しい会話は相手にも好感を与えるだろう。

近ごろはマイクが発達したので、歌手もだんだん大声を出す訓練をしなくなった。いつか、淡谷のり子女史が「いまの若い連中は、歌手ではなくて、歌屋だ」と言い切って、ゴタついたことがあったが、淡谷さんのことばに、練習を全うしない歌手に対する忠告の意味がふくまれていることをだれが理解しただろうか。私は全面的に淡谷さんのことばに同感した。

マイクなどという文明の利器は、あくまで人間が使いこなす物であって、頼るものではないと私は思う。などと、おこがましいことを言ったが、こんなことを言えるのも、ハトポッポからはじまって、きびしくシゴいていただいた奥田、長門両先生のおかげだと、今でも心から感謝している。

耳の話で思い出したが、耳の恐しさが身にしみた思い出がもうひとつある。内田百閒先生原作の『頬白先生』という映画に琴をひく場面があり、私は東宝の音楽部長に連れられて、宮城道雄先生のお宅にうかがった。生まれてはじめて「琴」という楽器を見てビックリしている者に、音楽部長はいきなり、「さっさと『六段』と『千鳥の曲』を宮城先生に教えていただけ」と言うのである。

次の日から私は、身も心も縮まる思いの自分をひきずるようにして、稽古に通った。決められた時間に玄関のベルを押すと、静かな奥座敷に、きちんと正座した宮城先生がニコニコして待っていてくださる。私が両手をついておじぎをしても、盲目である宮城先生には見えないのだし、私が若くポチャポチャの少女であることも、先生にとってはまるで関係ないのである。

私の眼の前にすわっているのは、ただ、音を聞くための鋭くきびしい偉大な耳だけなのだ、ということに気づいた時、私はすべてのゴマカシを放棄してカンネンするよりほかなかった。コロリンとひけば「あ、そこは……」と来る、シャンとひけば「ちょっと……」と来る。

私はいっさいの邪念を断ち切って、かみふり乱し、口をゆがめながら、ただ琴の音にのみ全力をそそいだ。そして一週間の後、私はまがりなりにも「千鳥」と「六段」をひけるまでにこぎつけたのであった。

いま、私の手もとに、箏曲を稽古中の古びた写真が一枚残っている。写真の中の私は、かつて自分でも見たことのないほど、真剣で素直な表情をしているのがいじらしく、私はこの写真が大好きである。

真珠と女

私は二十歳の年を迎えたとき、生まれてはじめて、自分の身を粧うためのアクセサリーを買った。それは美しい真珠の首かざりだった。予算の関係で、粒こそ小さかったが、色もマキも申しぶんなく美しい首かざりであった。こんな美しいものが自分の持ちものになったというよろこびと、自分が働いた収入でかち取ったもの、という自負で、私は二重の満足にひたったことをおぼえている。

子供のころから、私一人の収入で親兄弟の生活をみなければならなかったので、自分の身を飾るためのアクセサリーどころではなかったのである。だから、二十歳になってやっと手に入れたひとすじのパールは私にとって唯一の宝物の感があったのである。

宝石といってもいろいろ種類があるのに、なぜあのとき真珠を選んだのか、その理由はもう忘れてしまったが、子供心に真珠の美しさに魅せられて、いつかは自分のものにしたいと思っていたのだろうか。女というものは執念深いからたいていそんなところかもしれない。

このごろになって、ボツボツ宝石らしいものを身につけるようになっても、やっぱり私がいちばん好きなのは真珠で、つい、アクセサリーというと真珠をつけてしまう。洋服のかり縫いのときも、いちばん気に入った真珠のネックレスをつけてエリあきやバランスをみるくらいだから、洋服をひき立てるためにアクセサリーをつけるのではなくて、アクセサリーを主役に、洋服をバイプレーヤーに仕立ててしまう。私の服が年がら年じゅう、ほとんど黒とグレイで、それもいたってシンプルな型に決まっているのも真珠に大いに原因がありそうである。

ずーっと昔に、こんな話を聞いた。フランスの女性は結婚して女の子が生まれると、一粒の真珠を買う。そして、毎年女の子の誕生日がくるたびにいく粒かずつの真珠を買い足してゆき、その子がお嫁にゆくときに、その真珠の玉をネックレスに仕立ててお嫁入りの道具に持たせるのだそうな。経済的なフランス人らしいやりかた、と言ってしまえばそれまでだが、なんという女らしい、夢にあふれた思いつきだろう、と私は大いにこの話が気に入った。年々その数を増す真珠の粒をながめながら、母親らしい思い出や感慨にふけっているフランス女性の姿が目に浮かぶ。

私は、この話が忘れられなかった。そして、ついに、わが娘ならぬ私自身のためにこのアイディアを実行したのである。それは、私が二〇歳のときに買い求めた小粒のパールのネックレスを少しずつ大粒のパールに変えてゆくことだった。お金のあるときは四粒ほど、お金のないときは二粒だけ、と、何年もかかって私はとうとうその望みを達したのである。これも女の執念のたまものである。

真珠は穴のあいていないものは指輪やイヤリングになるので値段も高くなるのだが、それだけに無疵で質のよい珠がある。たくさんの粒の中から色やマキをそろえ、これとおもう粒をより出す楽しみはまた格別である。私はその後、何本かのネックレスを買ったが、いまでも古い思い出のある真珠のネックレスがいちばんかわいい。

私は、真珠のもつ美しさ、優雅さ、手ざわり、すべてが好きだけれど、いちばんの魅力といえば、真珠が「生物」、生きものであるということだろう。真珠は塩分や水分をきらい、綿花などにつつんで長い間しまっておくと窒息して死んでしまうものだとは聞いているが、私には信じられなかった。

それは、終戦後、間もない、世の中がまだ混とんとしていた時代だった。そんなある日玄関に、ふくらんだ書類カバンを抱えた男の人が現われた。「ごらんになって、お気に入ったら買っていただきたいのですが」と言いながら、開けたカバンの中から、長さ六〇センチもありそうな真珠のネックレスが現われたのである。真珠は美しい光りを放って、と書きたいところだが、残念ながら、それらの真珠はことごとく死んでいた。まるで腐った魚の目のようにドロンと白くにごって。この真珠はもと高貴のお方の持ちものであったというが、戦争中、何年もの間ケースの中でひっそりと日を重ねていたのであろう。真珠は呼吸もできず、湿気にせめられて、だんだんとツヤを失って死んでいったにちがいない。私は死んだ真珠の姿を見て可哀想でならなかった。「真珠が死んでいるわ」という私の一言に、その人は恐縮して帰っていった。

そのふくらんだカバンを見送りながら、ふれればカラカラと空しい音を立てた真珠の哀れさを思い、その真珠の持主であった、高貴のお方とやらを思い浮かべていた。苦しかった戦争も敗戦に終わり、多額の税金に追われて、せっぱつまって、大きな宝石を売ろうとした決心は、女としてさぞつらいことであったのではないだろうか。そうして泣く泣く取り出した真珠は、腐った魚の目のようになって死んでいた。その真珠を見たときの彼女の驚きと悲しみ……。そのショックが、まるで自分のことのように思えて、私は心が痛かった。

「ことし、上がった真珠です」といわれる真珠は、たしかにいきいきとして美しい。反対に古い真珠は年ごとにその色ツヤを失ってゆく。一〇〇万も、二〇〇万もする立派な真珠でも、やがて死んでゆく命には変りはない、にもかかわらず女性が真珠を愛するのは、真珠に命があるからではないだろうか。生命の美しさ、そして生命のはかなさ、それを知ってのうえで、なおも愛さずにはいられないという女性の気持は、男性にはとうてい不可解なことだろう。

男には知られたくない秘密を女はたくさんもっている。

私は、真珠を愛する女の気持の中には、なにか母性の愛に通じる、なにかがあるような気がしてならないのだ。「愛ではなくてそれは女の執念というものさ」という、男性のイジワルなことばも聞こえないわけでもないが――。

ピッコロモンド〈小さな世界〉

「瓢箪から駒が出た」というが「冗談から店が出た」とはこのことで、まさか私が古道具屋のオバハンになろうとは思いもかけぬことだった。場所は、有楽町新国際ビルの一階、猫の額ほどの店である。今でこそ店らしき形になったが、実はここは知人の持ちもので、小さくて役に立たぬからちょっとキレイにしてくれと頼まれ、よせばいいのに「まかしといて」などと胸を叩き、家から壺やら皿などを持ち出して並べてみたのが運のツキになったのである。

もちろん、私物を売るなどとはつゆ思わず、ときどきブラリと行っては品物をとりかえて気分を変えてあげよう、くらいに思っていたのである。ところがある日、新聞紙に包んだ徳利などをガサガサと出しているところへ、若い青年が現われた、と思ったら、

「それ、幾らですか？」

と聞かれたので私は腰がぬけるほどおどろいた。

「いえ、こ、これ、売りものじゃないんです」

と、しどろもどろに答えたが、今度は彼の方が驚いたらしい。

「へえ？　じゃ何日開店ですか？」

「開店はしません、並べてるだけ」

「だって？　物を並べて売らないなんてヘンじゃないですか？」

「ヘンじゃないわよ」

「売って下さいよ、それ、僕、欲しいんですよ」

と、なかなか出て行ってくれない。私はといえば、むやみと頭へ血がのぼるばかりで、やっと出て行ってもらった時はガックリするほどホッとしたが、続いて似たようなことが三度、四度と起こったのである。その度に「これは飾ってるだけ、売りものではなく、開店もしない」と言いわけするのが面倒になってきた。いっそ紙に書いてガラスにベッタリ貼ろうかとも思ったが、よく塀などに貼ってある「小便無用」の貼り紙が目に浮かび、それは店をキレイにするという主旨に反すると考えて諦めた。そして、決まりきった言いわけをし続けている内に「私はなんでこんな事をしているんだろう、これすべて、私の生来のオッチョコチョイのせいである」と気がつ

いたが、すでに手遅れで、もうそのときは収拾がつかなくなっていた。ガラスの向こうから目をランランと光らせた老若男女が私の手もとをじっとみつめているのである。ちょうど動物園の檻でも覗くように、ときどき、シゲシゲと私の顔などを眺めている。私は常日頃、自分はマレーグマに似ていることを自覚してはいるものの、こうもノンビリと見物されるのはあまりいい気分のものではない。私は飾りつけをおっぽり出してアタフタと知人なる人の社長室へと飛びこんだ。

「イヤだよ、私、もう手を引く」

その時、もと美男子の、いま朧月夜氏は少しも騒がず、老眼鏡をキラリと光らせて、

「それじゃ、いっそ、売ったらどうですか？」

と来た。

「なんです？」

「人が欲しがるものなら売ったらいいじゃないですか」

「だって、みんな私の物よ」

「私の物でも、もとはどこかから買った物でしょ？」

「そりゃ、ま、そうだけど」

「売って悪いことないじゃないですか、第一、功徳《くどく》になりますよ」

「そういうことになるかしら」

「商売もまた楽しいものですよ、なにごとも経験ですからねえ」

「なにごとも経験、それもそうねえ」

「やったんさいよ」

「やってみっか」

と、すっかり乗せられて、またまた忙しくなった。二畳だろうが、三畳だろうが、店は店だから、まず名前をつけなくてはならない。これは、ローマの小さなうまい料理店「ピッコロモンド」（小さな世界）というのが直ぐ浮かび、これに決めた。えーと、次は警察に申請しなくちゃならない。古ガラクタを並べて売るのに突然に洋服屋や花屋にするわけにもゆかず、大げさながら「美術骨董店」として申請した。そして、一か月もたった頃、雑誌の対談を終えて家へ戻った私は、玄関の前で思わずギョッとして立ち止まった。玄関の壁に「古物商」「古物露店許可証」という札がバン！　と二つ並んで打ちつけられていたのである。私は昨日まで毛皮のストールなどをひっちょって黒メガネなど掛け、ジャガーにうち乗ってカッコよがっていたのに、突然バナナの叩き売りか、アセチレンガスの下に植木などを並べている露店商人にでもなったような気がして呆然となった。警察へ電話をすると、

「世間では美術骨董店なんてスカしたことをいってるけど、正しく言えば古物を扱う店、つまり古物商でしょ、鑑札の『露店許可証』とは、日本中の何処においてでも物を売ることが可能という意味なんですよ」

という答えが返ってきた。なァるほど、である。

やがて、犯人の情婦のごとき顔をした私の写真が貼られた黒々といかめしき二冊の手帳を手にしてみると、さあ、生まれてはじめてこのような物を持ったので今度は嬉しくて仕方がない。私はこの二冊を毎日ハンドバッグに入れて持ち歩き、会う人ごとに「私は、露店商だぜ、驚いたか」と、ハナの穴をピクピクさせて得意になった。十人が十人、期待通りにビックリしてくれたので私は大いに満足したが、それにしても店開きの準備はなかなかに多忙である。ま

ず大変なのは、品物の補充である。いまある品物がみんな売れたら「ハイ、それまでよ」と店を閉めるわけにはゆかないから、常にストックを用意しておかなければならない、これは俳優の仕事も骨董屋も同じである。で、二冊のライセンスを手に、知りあいの道具屋の青年に連れられて美術骨董の「セリ市」に仕入れに出むいた。これも生まれてはじめて見る世界である。

会場に集まる二、三百人の人々は、いずれも年期、筋金入りの男の道具屋で(アタリマエだ)正面にすわった「せり人」の威勢のいい声に、四方から矢のような数字が飛んで、みるみるうちに品物がさばけてゆく。こうなったら、やぶれかぶれ、私も立て膝こそしないが、いきなり大声をあげてせりに加わった。連れの道具屋はゲッと驚き「こういう場所で声を出せるには、早くて一年はかかるもの、アネゴ、恐れいりやした」とは言わなかったが随分びっくりしたらしい。いちばんびっくりしなかったのは私のようで、なにせ人ずれがしているから、男なんか何百何千人いようと、なんてことはないし、四十余年の女優歴で私のノドからは如何なる声でも自由自在に出るようにすでに訓練ずみである。それに持ち前の図図しさがプラスされただけでなんの不思議を感じることではない。

私は若い頃から骨董屋を覗いて歩くのが何よりの楽しみというヘンな女だったから、せり市のメンバーの中にもすでに顔なじみのオヤジが何人も居るし、カンと度胸が火花を散らす活気の溢れたせり市の光景が大いに気に入ってしまった。

さて、仕入れの目鼻もつき、いよいよ「ピッコロモンド」も開店である。はじめのうちはおつりを間違えたり、原価より安く売ってしまったり、いろいろ失敗もしたが、気を落ちつけて店の中から外を眺めていると実に興味深い。いつもは見られる商売だが今度は見る側に立ち場が替わったのである。大体、美術骨董店などをのぞくのはこのあたりの重役ジイサンくらいかと思っていたが、さに非ずで意外と若いBGやサラリーマンなどが立ちどまり、ふっとソバちょこ一個買っていったりする。早くも常連ができて「また来たワ」「毎度ありイ」のつきあいも出来た。

若い彼らが常時持っているお金は大体千円から二千円である。その中のいくばくかをさいて特に生活必需品でもない物を買うのは、さぞふところが痛いことだろう。私が若い頃ウインドーの中の高価な李朝の壺や伊万里の皿にヨダレを垂らしながらも買えなかった、当時の恨めしさ口惜しさを、彼や彼女の上に見る思いがしてたまらなくなり、思わず「イイヤ、オカネハイラナイヤ」などと口走りたくなるのである。そもそも絵とか骨董というものは高価すぎて、一般の月給とりの手には入らないものと決まっているのが、私は気に入らない。ことに美術品などは心底惚れて「スキ、スキ、スキ」と思ったら最後、ほかの物では間に合わず、逃がせば二度と手にはいらないだけに始末が悪いのである。

私は、ガラスに鼻をくっつけている若い人たちの表情を眺めながら、まず出来るだけ値段を安くしたいと思った。もともと「冗談から出た店」なので生活がかかっているわけではない。儲けのない店なんてのもこの世の中に一軒くらいあってもいいんじゃないか。そして揃いの皿や茶碗を思いきってバラ売りすることに決めた。「五枚、二千五百円」では買いにくくても一枚五百円で手にはいれば、少なくとも五分の一の満足感は味わえるのである。「半端になって困るでしょ？」などと、お客さんのほうが心配してくれるが、一枚の皿を嬉しそうに胸に抱いた彼や彼女の顔を見るほうが、私も楽しいのだから仕方ない。早くも商売のルールからはずれたメチャクチャをやりはじめた私をみた夫が「おまえ、もうじき死ぬんじゃないか？　そういうのを仏心って言うんだぜ」と、ひやかすが、私はただ人が好いばかりでメチャクチャをするわけでなく、私には私で少しばかりの理屈もあるのである。

私は四十余年間、俳優としてお金をもらってきた。お金をくれたのは、映画会社やテレビ局ではなくて、実際に私の映画にお金を払って見て下さった観客なのだ、と私は思っている。いくら心をこめて画面の中で泣いたり笑ったりしても観客が見てくれなければ、冷酷無惨な映画会社が、一銭のお金もくれるものではないのである。考えてみれば私は今日まで、なんとおおぜいの人々に御飯を食べさせて頂いたことだろう。私の店を訪ねて下さる中年以上のお客さんのたいていは、私の映画を見てくだすったという方たちである。仏心か、年のせいか知らないけれど、私はそれらの人々になんらかのお礼をしたい、と思うのである。

値段をまけるばかりが能ではなく、ある人には、ユーモアを、ある人には憩いの時間を、ある人には気分転換を、そして、私の「ピッコロモンド」を仲介にして、できれば、人の和、人の話合いの輪を広げてゆきたい、なんて、偉そうなことを言っちゃったが、まぁ、そんなこんなで、忙しい思いをするわりには店は一向に儲からないのである。家賃と、店番の月給、それに知人とのコーヒー代、バカバカしく高い駐車代、と、どこからどこまでが赤字なのか知らないが、黒字でないことは確かで、忙しければ忙しいほど、私のサイフからお金がどんどん出ていってしまう、という珍現象だけはわかっている。小さな店が、いつの間にか大きな荷物になり、その内バッタリ倒産てなことにもなりかねないが、それまでは大丈夫である、ということもわかっている。

なんだか景気の悪い話になったが、とにかく「店を開いた」ことは、私個人にとっては大きなプラスで、お店に出入りするお客さんたちと言葉を交わし、知りあいになれるという楽しさは、長いばかりで狭かった女優生活のマンネリズムから解放されて、広々とした野原にさまよい出たような新鮮さを感じさせてくれる。

「僕たちは子供がいないから、子供を育てるつもりで店を育てなさい、ねえ、古道具屋のオバハン」

夫は今日もそんなことを言って、私をひやかすのである。

衣

整理整頓芸のうち

「女優だから、さぞ衣裳をお持ちでしょう」と、他人《ひと》はいう。そのとおり、好むと好まざるとにかかわらず、一年三百六十五枚とまでは、ゆかなくても衣裳は私の商売道具である。けれど、私の洋服ダンスは昔から一間の押入れひとつでふえもしないし、減りもしない。一着つくれば前の一着をただちに処分するという新陳代謝方法をとっているから、衣裳がタンスのコヤシになることはないし、流行遅れの服を着なくてすむし、虫干しするほど数もない。私の整理は簡単である。

「馬子にも衣裳、髪かたち」というが、人間どんなにとっかえひっかえ衣裳ばかり着替えてもそれで美人に見えるわけではない、と私は思う。要は衣服という皮をはいだ中身の整理整頓をすることが先決問題ではないかと思う。まず外見からいくならば〝正しい姿勢と歩き方〟をマスターしなければならないと思う。私の観察するところによると、だいたい日本人百人のうちの一人くらいしか、ちゃんと歩いている人はいない。あとの九十九人の歩き方は、もう絶望的である。日本人の歩き方が、いかに貧相でみっともないかは、西洋人に比べればすぐわかるが、東洋人のなかでも最低で、歩き方と姿勢の悪さにおいては残念ながら〝劣等国民〟であるのを認めざるをえない。私は先日もハワイの街を歩いていて、向こうからひときわチンチクリンのガニマタが歩いてくるな、と思ったら、わが愛する夫・ドッコイその人であったのにはギョッとした。私たち日本人の姿勢の悪さは、もちろん昔からの〝すわる〟という習慣の影響もあるのだろうが、その他にも日本人のなかに潜在する〝劣等感〟そして、足に合わない靴のせいなどの理由も大きいのではないかと思う。ことに歩き方の悪いのは男性で、肩をおとしてヒザを曲げ、上体をゆすりながら、アゴだけつき出して歩く姿は、文化国家もハチの頭もない。チョンマゲにしりはしょりのワラジばき、東海道五十三次ホイサッサのスタイルのほうが、ピッタリくるのではないかと思う。男性に比べれば女性のほうがまだマシというものの、やはり内マタぎみのヒョコヒョコ歩きではミニもマキシもお化粧も台なしで、イモネエチャンといわれても返すことばもない。

「姿勢を正す」とは佐藤さんの名文句だったが、姿勢を正せば、たしかに人の心もシャンとする。たとえば、映画やテレビに出てくる悪役や不良をみても例外なく、くわえタバコで、一方の肩を上げ、グデンとした格好をすることによって精神のユガミを形に現わしている。ある医師の研究によると、不良や犯罪者ほど姿勢が悪いという。それから姿勢に興味をもちはじめ、少年院の子供たちに正しい姿勢と歩き方の指導をしたら、みるみるうちに成績があがり精神の健全さまで取り戻した少年がたくさんいたという。

ファッションモデルじゃあるまいし、いまさら〝歩き方〟の練習なんてバカバカしいと思わずに、まず鏡に向かってまっすぐ歩いてみることだ。そして、自分の歩き方に点数をつけてみる。頭のてっぺんを糸でつりあげられ、おへそに長い棒が通っているつもりでスッスッと歩いてみると、なんとも気分がいいし、第一身体が疲れないことに気がつくだろう。そうなれば、しぜんに立ち居振る舞い、身のこなしもスマートになる。「衣裳は着るもの、着られてはいけない」というスッキリとした姿勢こそ、着こなしじょうずになるコツ。

食

私は食いしん坊だから、うまいものさえ食べていればキゲンがいい。仕事柄《がら》、外食が多いから、家で食事をすることはめったにないが、食器だけは自分の好みのものを使って食事を楽しみたいと思っている。といっても、料理屋ではないから、やたらと食器を集めるわけにはいかないので、せめて「器」の使い方を自由に考えることで変化をつけたいと、あれこれ、ない知恵をしぼっている。

たとえば、灰皿を灰皿と決めてしまわずに他の用途を考えてみる。わが家では古い盃洗がおしぼり入れになったり、抹茶茶碗がおこうこ碗になったり、ドンブリが花器に化けたり花器がサラダボールになったりと忙しい。食器は昔から集まったガラクタがいいかげんあるのに、それでも道具屋をのぞくと、つい皿一枚、ハチひとつと買いこんでしまい、台所の戸ダナの整理がつかなくて困っている。こんなに食器がふえるのは、このごろの食べものがまずくなったからではないか、と私は考えだした。まずい料理をおおげさな食器でゴマ化すのは料理屋だけのすることではない。酒も醤油もカマボコもベトベトにあまくなり、ほとんどの食品は防腐剤入りで味が悪い。野菜やクダモノも、見かけはリッパでも風味にとぼしく、豆腐はカルキ入りの水のおかげで味気ない。

もともと、東京には料理というほどの料理もなく、地方の人間が集まってきてつくり出した田舎料理しかない。いまでも、田舎へ行くと、塩づけのおこうこに白砂糖がヤマほどかかってお茶うけに出たりする。やたらと甘ければご馳走、という貧しい感覚のそれであ

る。だから、料理を楽しむほうは、いつのまにかジワジワと東京に進出してきた関西料理にのっとられた感じである。

　それにしても、日本国にいながら肝心の日本料理は目の玉がひっくりかえるように高価で、日本人でありながら、オチオチ寿《す》しもつまめないとは不幸なことである。

　その国の文化を知るには、その国の食べものを食べてみることがいちばんだというけれど、ティピカル・ジャパニーズ・ディッシュが、お茶づけやおでんくらいに代表されるとは情けないことになった。東京にはさすがに世界じゅうの料理が集まり、せまい路地まで食べもの屋がビッシリとひしめきあい、でっぱったりつぶれたりしながら、私たちの食欲をそそっている。日本人でありながら日本料理らしい料理には、サイフの中身の点で折りあいがつかず、天丼やヤキトリくらいでお茶をにごして、しかたなく他の国の食べものでおなかをふくらませているとは妙なことである。

「片手でラーメンをすすりながら仕事に精を出す。なんと日本人は勤勉であることよ」と外国人は感心するが、私は、たいていの日本人が味に無頓着なせい、つまり舌がこえていないからではないかと思う。うまいと評判される食堂には、いかにも食いしん坊らしい顔をしたお客がいるもので、いいかげんな食堂には、ちゃんと味覚オンチ然としたお客が座っているものである。

　私は商売柄、よく人を食事に招くが、たいていの人はメニューを渡されても見ようともせず「なんでもけっこうです」「ボクも同じでいいです」と、たよりない声を出す。

　遠慮をするというよりテンデ食べものに興味も情熱もない人間が、この世にはおおぜいいるのである。どうせ社の費用で食事することになれているから、高い安いの区別もつかず「ボクもメロンでいいや」なんて無造作にいうけれど、さてテーブルに出てきてもスプーンもつけない、では、ご馳走するほうは、まったく拍子ぬけがしてしまう。

　私の観察によれば「なんでもどうでもいい」人は仕事のほうもどうでもいいらしく、すべてのことに情熱が薄いらしい。私は「食通」なんてことばはキライだし、信用もしていないが、もっと誰もが食いしん坊になって、うまい、まずい、をハッキリというようになってくれたら、そこらに売っているチクワ一本、干物一枚でも、いまよりはおいしくなってゆくのではないかと思う。うまい食べものを作るのはコックでも板前でもなく、それを食べる私たちの舌である。

住

私がなぜ、かくも無残なガンコ女になり果てたかという話は、昔、昔のその昔にさかのぼる。五歳から私は自分の働いた報酬で親子三人の衣食住をつかさどってきたのである。なんせ大人ばかりの、それも複雑怪奇ともいえる映画界で働いていると、子供ながらにいいかげんコマシャクレ、帽子ひとつ買うのにも納得のゆかないものはイヤといったらイヤだった。三つ子の魂百までとやら、私のガンコな性格は、そのあたりから今日までオンブオバケのごとく私の背中にはりついてしまったらしい。

人に迷惑をかけてはいけないが、私はガンコそのものは悪いことだとは思わない。ガンコでなければできないことも、この世の中にはあるからで、たとえば、わが家の中にある家具調度から台所のシャモジまで、もろもろの一切は、すべて私のガンコな好みでそろえたものである。新婚ホヤホヤのころ、夫が私にきものを買ってくれたことがあった。私は新妻らしく大いに感謝して夫のほっぺたにキッスなどしたが、つぎの日、その反物をかかえて、さっさとお取り替えに出かけた。なぜなら、「私の好みに合わなかった」からである。夫はさすがにあきれはて、それ以来、私にキャラメル一個すら買ってくれなくなった。いとニクラシキ妻である、とアタマへきたのだろう。わが家は商売柄、なにかと他人《ひと》さまから贈りものをいただくが、その好意はありがたく頂戴しても、その品物を飾ったり使ったりすることはめったにない。理由はただひとつ「家に合わない」からである。「せっかくの好意を申しわけない」「お金を使わせてあいすまない」と、心は千々に乱れても、私はそれらの品物を「エイヤッ」とばかりに処分してしまうのである。私とても大正生まれ「もったいない」という感情は持ち合わせてはいるが、私の「もったいない」は、なんでもかでも仕舞いこむことではなくて、もったいなければもったいないほど、何かの方法で、その好意を生かして使うという考え方である。だから、中元と歳暮の季節には、その整理で心身ともにクタクタになる。こうまでエゲツなくガンコな私を、われながら哀れに思わぬでもないが、こうまでしなければ家の中はテンデバラバラの品物でいっぱいになり、デパートの売り出しのごとくなってしまって収拾がつかない。

徹底的な整理整頓をするのは、なんと「根気と勇気と執念」が要ることだろうとつくづく思う。

「整理整頓も芸のうち」。きょうも私は、家の中から要らないものをはじき出そうとして、のみ取りマナコで家中をにらみまわしている。

和服好き

毎年、冬になると和服を着るのが楽しみである。鳩胸《はとむね》でっちりの私の身体に、和服はなかなかなじんでくれず、いまだにきものをきこなすことができないが、それでも私は和服に未練があって着ずにはいられない。

私にとって、和服を着ることは、せわしない生活の中でいちばんの気分転換にもなり、その瞬間だけでも「女だけの心」を取り戻している自分を感じることができるからだ。

このごろの和服は、日本人の生活に密着した衣類というより、パーティや結婚式などのためのゴージャスな「おしゃれ着」になりつつあるらしい。和服は美しく優雅でも活動的とはいえないから、それも仕方のないことなのだろう、かたちはどうあろうとも、伝統ある私たち日本人の衣裳がいつまでも残ってくれるのは、結構なことだと思う。

和服を着よう、と思いたって、タンスの中を物色し、たとうの上に、和服一式をひろげてみると、そのかさの多さにあらためてビックリする。

肌じゅばん、長じゅばん、きものに羽織、帯に帯あげに帯じめ、それに足袋、ひも類から、ハンドバッグ、小扇子などの小物まで入れると、大げさに言えば、ひと山になる量である。量もさることながら、そのひとつ、ひとつに「色」がついているのだから、どうしても身辺がにぎやかになりすぎてしまう。洋装に慣れた感覚には、とても整理できかねるほどの色のはんらんである。

私の場合は、結城つむぎなどの固いきものが多いので、色も比較的沈んで目だたないが、それでも、きものという台の上に、帯をはじめとしてたくさんの色を置くことになる。和服の美は色の処理のよしあしで決まるものだ、と思いながらも、これがなかなかむずかしくて、これという決め手がみつからない。和服の楽しさもまた、そんなところにあるのだろうが。

色の多いきものには、小物の色をひかえめに、無地っぽいきものには、小物でアクセントをつけるように心がけているのだが、偉そうに言うのは口ばかりで、私ほど和服用の小物を持っていない女はないだろう。たいていのきものには洋装用のハンドバッグで間に合わせてしまうような怠けものである。

ただひとつ、和装用にと自分で考えて、便利をしているものがある。よく、お爺さんが手にぶらさげている「皮の袋」をデパートでみつけ、ひもだけ「さび朱」にとりかえてみたら、物はたくさんはいるし、他の人はこんなバカバカしいものを持たないし、第一、値段が千八百円だったので、悪くない買い物をした、と一人で悦に入っている。

ちょっとあらたまった場所に出るときは、帯の間に小扇子をはさみ、腕時計はひかえて、これも帯の間に懐中時計をひそませることにしている。

木綿

私が少女のころ、はじめて買ったふだん着は、紺の木綿地に白と黄の井桁絣《いげたがすり》だった。値段が張らず、それでいて柄のよいものをと、デパートを歩きまわっていたとき、パッと目に飛びこんだのが、その絣だった。

分相応という言葉がある。まだ前髪を垂らした私が農家の少女が着るようなその絣に黄色い帯をしめると、われながら分相応に似合って得意であった。さんざんきもので楽しんで、あとは袖なしのチャンチャンコになり、戦争中は防空頭巾になって、私の頭を守ってくれたのだから、丈夫なことでも十分満足した。

戦後、種々の和服の布地が発売されているが、地方へ行くとまだまだ純綿の紺絣が農家の人々に愛用されている。洗いざらしてなお美しく、ぬれた木綿の着やすさはやはり他の布地には求められないものなのだろう。

日本の布というなつかしさが、しみじみと感じられるのは木綿の紺絣がいちばんである。

看護婦さんが白衣をつけると、ぐんと女っ振りがあがるように、紺絣に身を固めた農家の女性は、さっそうとして美しい。そして、緑一色の広い畑や青い空に、あれほどパッチリと似合う労働着はない。

生来、ガンコな私は、絣に味をしめて、少し大人になり、少し出世？ してから男ものの薩摩絣《がすり》を買って着た。西郷隆盛の着るような、細かい絣にエンジの帯をしめて、またまた私は得意になった。

結婚をしたとき、私は夫にやはり薩摩絣の対《つい》を贈った。上等もので、ヒキで八万円という値段にはビックリしたが、丈夫で長保ちすることは承知のうえなので、思い切ってフンパツし、そのお対を着た旦那様をニタニタしながら眺めた。

まるで薩摩絣を着せたいばかりに結婚したくらい、私は得意で満足だった。そのお対はその後、何度か洗い張りをし、仕立て直されて、今なお健在で、夫の仕事着になって活躍している。

私の大好きな日本の布、絣は、薩摩、久留米の上等のほかにも、伊予、出雲、広瀬、そして島根県や山陰などで相当量が生産されているそうで、紺絣ファンとしてはたいへん心強く、うれしいことである。

浴衣

夏といえば浴衣、浴衣とくれば縁日、というのが大正生まれの人間の発想である。子供のころの夏の夕方、お風呂から上がってのりのきいた浴衣を着せてもらうのが楽しみの一つになっていた。というのも、浴衣を着るということは縁日に連れていってもらえる、というさらに大きな楽しみにつながっていたからであった。

夏の夜、うちわ片手に浴衣がけで家族そろって縁日をそぞろ歩きし、インチキ万年筆屋の口上に立ちどまり、植木のせり売りをのぞき、子供たちは自分の頭より大きな綿菓子をなめながら、花のように飾られたホオズキの店さきに見とれたものだった。縁日の品物はどれも適当に安っぽく、それがかえって気安さを感じさせて不思議な魅力があった。アセチレンガスの青い炎や鼻をつく匂いまでが、なつかしい思い出として今も記憶に残っている。

戦争中の、あれはいつのころだったか、突然、縁日や夜店がまったく姿を消し、街のゆかた姿もパッタリと見られなくなってしまった。淋しい、というよりも、大変なソンをしたようで、私は口惜しくて仕方がなかった。いま、あの当時そっくりの夜店や縁日がどこかの街に復活したら、どんなに人気が集まるだろう。浴衣と縁日のたのしみを、もう一度いまの子供に与えて上げたいとつくづく思う。

今年も夏が近づいて、呉服屋のウインドウには早くも浴衣が清々とした色を並べている。一時流行ったエバ模様や色もの浴衣も、浮気な人の気をひいただけで、やはり、昔ながらの白と藍の浴衣が人人に好まれているようである。浴衣は本来、布地は木綿、色は白と藍の二色と限られたものだけに、なおいっそうの工夫がこらされるのか、その柄の豊富なことは年々おどろくばかりである。こんな大量な浴衣が、いったいどこへ売れてゆくのだろう。

昔なら、寝巻は浴衣と決まっていたようなものだけど、このごろの女性はネグリジェを愛用し、浴衣の代りにはホームドレスというものを着てしまう。この二、三年、若い娘さんの間をふりそで旋風が吹きまくって、呉服屋さんはホクホクだが、それも、ジーパンやセーターの生活から、いきなりふりそでを着こなそうというのだから乱暴な話である。きものに着られて手足の自由さえ失い、すそをけとばしけとばし歩いていては、当人より先に、きもののほうが泣きたくなるだろう。

せっかくきものを着るなら、やはり浴衣からはじめて、きものに馴れ、きものをなじませてから、普段着のひとえ、そしてあわせ、というように練習して欲しい。きものは乱暴に着られることを厭がり、なかなか着る人になつかないという性質をもっている。

まず、きものの中ではいちばんきさくで親しみやすい浴衣に手を通してみることである。ただし、浴衣に足袋だけは絶対にはかぬこと。ビックリダヌキのようなメークアップも、浴衣には似合わない。その時間を足のつまさきの手入れにまわすことである。浴衣に素足の美しさが理解できるようになったら、その人はきものに対するセンスを持ち合わせているということなのだから――。

羽織

このごろは、冷たい風が吹く真冬でも、ボッテリと厚いオーバーコートを着る人は少ない。それと同じように女性の羽織姿も少なくなりつつあるようだ。ことに都会では室内の暖房が行きとどいてきたせいか、冬でもあわせ一枚で汗ばむほどのサービス？　のよさである。寒い戸外では短いコートでもひっかければ十分なので、室内ではあわせに帯つきというスタイルだから、必然、羽織がワリをくうということになる。寒さのきびしいヨーロッパでも毛皮のコートは必要品でも、中身の洋服は一年じゅうを通して着られるような軽さですむが、日本の和服もだんだんそうした方向にむかってきたのかも知れない。

私も、羽織は二枚しか持っていない。一枚は紬おめし、一枚は山まゆで、色は二枚とも黒無地である。それも出かけにちょいと羽織るだけで、たいていは訪問さきの玄関の隅に小さくたたまれて控えているだけである。羽織の丈も、昔は膝までぞろりと垂れていたのが、いまは腰までの短さになり、茶羽織などという便利で軽い羽織が人気を呼んだのは当然のなりゆきだった。羽織に贅の限りをつくす人も、総しぼりくらいにとどめをさすことになってゆくのだろうか。

今は十人とは残っていない花街の幇間は、衣裳の中でも羽織の裏にいちばんお金と知恵をかけ、真紅の塩瀬をつけてお客の意表をついたり、そのものズバリの色模様を絵師にかかせて、お客の機嫌をとり結ぶ道具にしたもので、私も何十年か前には、よく幇間の羽織の裏に筆でサインのよせがきをさせられたりした記憶がある。

その昔、町人が大名の贅沢に人知れず抵抗をしてわざわざ絹糸を木綿のようにみせかけて織った「結城」を発明したり、木綿のきものに絹の通しの裏をつけて楽しんだ気風が、羽織の裏に命を継いでいたのだろうか、これは私の勝手な想像で、まったく当てにはならないのだが。

私が幼いころ、寄席の高座の落語《はなし》家が、話が終わりに近づくと、なにげない素振りで羽織のヒモを解き、スルリと肩からすべらせると同時に、楽屋に向かってシューッと羽織をすべらせていた。その自然な脱ぎっぷりは、とてもいまのストリップの比ではなく、まこと寄席気分のよさの一つになっていたのが、妙に心に残っている。

あれは「もうじき話が終わるぜ、おあとの支度はよろしいか」という合図だと、人に聞いたが、これも真偽のほどはたしかではない。最近の落語家はきものの着かたさえさだかならず、えりをはだけての熱演なので、その真偽を問われて答えられるような人も見当たらない。

時勢が変わるのだから、人も変わるのがあたりまえといえばあたりまえの話で、昔は昔はとくりかえすのはグチッぽさが哀れをとどめるくらいが関の山、もうこの辺りで袖にした方がいいらしい（袖にするとは、振るということ、これも今のお若い人たちには、しょせん通じない言葉になってゆくのかもしれない）。

帯

私は、俗におたいこという女の人の帯をみるたびに、不思議で仕方がない。なぜ、あのように幅の広い長々としたものを胴にまきつけ、そのうえ、帯あげや帯止めで体に固定しなければならないのかわからない。ヘンな日本人だと人は思うかもしれないが、外国人が「日本人はみんなセムシなのか？」と、首をかしげた気持がわからないでもない。

もともと、帯というものは衣裳を体に固定させるための必需品であったのが、だんだんに発達して、江戸時代のころからきものの装飾に大きな役割をもつようになったという。

いったい、女の人はきものを着るために何本のヒモを使うだろう。例えば、私の場合には、まず長じゅばんに二本、きものに二本、それに伊達まき、厄介な帯のためには、しょいあげと帯締め、都合八本のヒモにがんじがらめにされて、まるでへたな小包みのように体

をしばりあげることになる。若い人たちが平常、和服を敬遠するのも無理はない。

それなら帯なんていう無用の長物はやめにして、細帯かへこ帯で間に合わせておけ、といってもそうはゆかない。ふしぎであろうがセムシに見えようが、帯は和服のポイントでいうなれば、なくてはならないおへそのようなものである。きものと帯は、二本の箸のように切っても切れぬ縁に結ばれていて、お互いが持ちつ持たれつ、相互扶助の関係にあるのだから仕方がない。

帯に虫を置けば、きものに秋草を配し、きものに花が咲けば、帯には蝶々が舞うといった案配にうつつをぬかすのが、きもの愛好者の無上の楽しみでもある。

帯の結び方も昔から種々あるが、最近、一部の女性の間には、しょいあげの中に大きなアンコを入れず、つの出しとか、ひきしめといった、くにゃりと自然な結び方が流行《はや》っているらしい。帯そのものは認めざるを得ないとしても、なんとか常識から脱したいという気風が、逆に流行を昔に戻しつつあるのが面白い。

おたいこ結び一つにしても、人それぞれに個性や常識があり、暗黙のうちに、その人の職業や人となりを背中に現わしていることになる。

私の見るところでは、芸妓は四角に大きめで、バーのホステスはくんにゃりと中高に、ミセスは下目にゆったりと、ミスはきちんと胸高に、と大体四種類ほどに分かれているようである。

めったにきものを着ないくせに、きものを好きな私の好みからいえば、帯はあくまで自然な感じで女の胴に巻きついていて、関西風に言えばはんなりといった調子に結ばれているのが、最高に着こなしのうまい人だと思っている。

足袋

洋服を着たら靴下をはくように和服を着れば足袋をはく。「足袋」と書いて「タビ」と発音するのも不思議だが、足《あし》の袋《ふくろ》とはまた無造作な名前をつけたものである。

足袋――。つくづく見れば親指だけ別棟？　になったその形も実に奇妙なもので、足袋をはじめて見た人は誰だってビックリするに違いない。というのは、足袋についてはこんな思い出がある。

新派の花柳章太郎丈が御存命のころ、花柳夫妻と私たち夫婦の四人が、二週間ばかりパリに遊んだことがあった。部屋は隣で境の扉は開けっ放し、アットホームな生活だった。ある朝、おとなりで「ウワアッ」というお二人の声に飛んでゆくと、化粧ダンスの前に白足袋が一足、チョコンと置かれていて、御夫妻が口をあんぐり開けたままそれを眺めているところだった。私もつられて口をあけたが、次の瞬間三人同時にゲラゲラと笑い出してしまった。

洗濯から届いたばかりのその足袋は、足袋というより靴に近かった。まるで白いブーツのように足なりの形にテレンとアイロンされて、ごていねいにコハゼまでかかっていたのである。たぶん、靴の木型でも中に押しこんで克明にアイロンをかけたのだろう。生まれて始めて足袋を見たフランス人の洗濯屋の困った顔が目に浮かんで、おかしいやら気の毒やらで、私たちはしばらく笑いが止まらなかった。外国旅行では、ときどきこんなこっけいな、思いがけないことが起きるものである。

私が『無法松の一生』という映画で吉岡夫人を演じたとき、ある新聞の批評に「吉岡夫人の白足袋が目にしみるように印象的であった」という一行があった。その一行が私の心に妙にさわやかな記憶となって残っているのだが、白足袋は本当に美しいものだと私も思う。足袋を「白」と決めたのはどこのだれか知らないが、足もとのいちばん汚れるところにいちばん汚れのはげしい白をもってきたことは、小面憎いほどの洒落《しゃれ》ものであったと思う。白足袋をはいた足もとはたしかに目立つ。立居振舞い、足の運びの一つ一つがその人間の人柄をいやが上にも現わす、という意味では、ちょっぴり意地の悪さまで感じてしまうほどである。

私は「能」を見るのが好きだ。みじかめにつけた装束のすそからピッチリとした白足袋が、鏡のような能舞台に白い影をうつしながらすべるのが、私にはなんとも言えない魅力なのである。あの美しい足袋を見に、わざわざ能を見にゆくと言ったら、人は笑うだろうか。

白足袋の美しさは日本人のものだ。このごろはやりのレースもようの蛇のようなストッキングなど、それこそ足もとへも及びはしない。

食べある記

『杯』

似たもの夫婦というが、私たち夫婦の性格は全く似ていない。

清潔で誠実で、気前がよくて男前で、つまり私と正反対の男がいないものかとキョロキョロしたら、やや類似品があったので今の夫と結婚した。案の定、私とは似ても似つかぬ性格なので、歯ごたえがありすぎて、頭にくることばかりである。以来、ことごとくはち合わせをしながら、なんとなく、でもないけれど、なんとなくみたいな顔をして十五年余もいられたのは、酒という潤滑油のせいではないか、とこのごろ思う。色も香も、年、一年と失せるばかり。あとは老女になるよりテがないからには「日が暮れるとは、酒がのめることとみつけたり」の心境である。

酒は好きだが酔っぱらいは大キライで、酒にのまれるような人間はまことに国辱だと思う。外国を旅行してみるとわかるが、文化の低い国ほど町に酔っぱらいが多く、酔っぱらいが大声出したりゲロを吐いたりしてる国なんてのは全く文化国家、などといえたギリではないそうで、その点酔っぱらい天国の日本国民としては少々耳の痛い話である。「酒は酔うためのもの」というせちがらさから早くぬけ出して「酒は楽しむもの」というのみ方をしたいものだ、と酒歴十六年の酒のみ女房は、日夜、実験中である。

冬ともなると、なべ物に日本酒というのもオツである。わが家ではいろいろな杯を一個ずつ小盆にのせて、来客に好きな杯を使ってもらう。

酒好きの大デブ男が、意外と小さな猪口を喜んだり、やせの大食いがいちばん大きなぐいのみをかかえ込んだり、で、それがまた酒の話題になったりして楽しいものである。

『酒徳利』

夫婦そろっての〝食いしん坊〟が高じて、とうとう『香港・台北、いい店うまい店』という食べ物の本をものするために、私たちはさっそくに香港へ飛んだ。仕事でもただでおいしいものが食べられるなんていいじゃないの、と思われるのはあたりまえで、実は私も初めのころはそう思っていた。しかし、世の中は、そう甘いもんやおまへんので、二週間で二百軒からある菜館、茶室、飯店を食べ歩くのは、どだい無理とは思いながらも、一日五、六食がとこがんばりつづけるうちに、ついに消化不良でひっくり返った。

　十日で体重が八ポンドふえ、さながら北京ダックである。北京ダックは、口をこじあけて無理やり食べ物を押し込み、十分太らせてから料理するのだという。私は北京ダックに心から同情しながらも、とにかく、食って食って食いまくり、たとえこの身が百貫デブや胃拡張になろうとも、なんとかこの本を作り上げなければ、と悲壮な決意をしたのである。第三者から見ればばかばかしいお笑いぐさでも、私自身にとっては、まこと、命がけの大事業なのである。

　左に鎮座ましますは、香港の泥棒市で見つけた酒徳利。このふっくらした酒びんで老酒のお燗をし、ピータンなどをさかなにちくと一献かたむけたらさぞおいしかろうと、中国料理のゲップをしながら買い求めたものである。

　中国人のしわくちゃ親爺が「乾隆だ乾隆だ」と言い張ったが、それが真っ赤なうそであったことは驚くべき安価が証明した。

「箸おき」

　何か、ちいちゃなものを集めてみたい、とある時思った。あまり高価でないもので、毎日使えるもので、そして楽しめるもの……私は、箸おきに決めた。

　私は商売柄お客をしたりされたりで料亭へ行くことが多い。料亭一般についていうと、いいかげんの料理でお客をごまかす料理屋は箸おきまでいいかげんなものを使い、すぐれた料亭は少なくとも季節ごとに箸おきを取り替える神経を持っていた。家庭でもそのくらいの神経を持ちたい、と私は思った。

　箸は口へ入れるものである。その箸をおくにはまず清潔で美しさがなければいけない。出て来る器ともうつりがよくなければいけない。おっと忘れていた、いちばんたいせつなことは〝箸をおきよい〟ということもある。そしてまず私が買ったのは、円形をちょっと指で押したような五色の小さな箸おきだった。これは一年じゅう使えるものとして。

　デパートにあるのは、五個単位で百円から千二百円ほどまでで、松葉の形のもの、あゆをかたどったもの、梅の花形、せんす形、といろいろある。が、いずれも陶器であった。陶器以外のものはないものかしら、と目を皿にしていた私は、京都の古道具屋のきたない箱の中でヘンなものを見つけた。それはおいなりさんの小さな銅でできたきつねであった。陶器ばかりの器の前に銅製のきつねがチョコナンと鎮座ましましているのはなかなかに楽しかった。

　外国へ行って箸おきをさがすなんて、妙なことだが、私はモナコの小物屋をのぞいたとき思わず「あっ」と叫び声をあげた。切り子のきらきら光るクリスタルの箸おきをそこに見たのだった。もちろん、箸を使わない人種にとってはそれは箸おきではない。フォークとナイフを置くものなのであった。それが証拠には、どの箸おき（？）も少なくとも一インチ半はある。私は夏用に使おうと喜びいさんでそのクリスタルのを買った。こういうものがあると知ったからには、外国といえども、ただうろうろ歩いているわけにはいかない。

　先年のサンフランシスコ旅行では、骨董屋で古い純銀製のものを買った。グレートデンが二匹並んで座っていて、その背に一本のむちが横たわっている、なんともいえず優雅な形であった。八十年前のもので、一個十五ドル（約五千円）で、高いからいやだと私は言い張ったが、主人ががんばって、ふたり用にと二個買ってしまった。私が自分からすすんで買ったのはダックスフントの形をしたすず製のもので、これは一個一ドルであった。どうやら、けちの精神と主婦の心というものは、二本の箸と同じように密接な関係があるらしい。

『飯茶碗』

　まだ、オカッパの六歳のとき、ご飯を残して母にしかられた。

「もったいないことをするものじゃない。お米はお百姓さんがいっしょうけんめい作ったものですよ。人さまが作ったものをそまつにしてはいけません。お前は一粒のお米でも自分で作ることができますか？　できたら作ってごらん」

　と、言われて私は泣いた。お百姓さんうんぬんということよりも自分でお米を作ってみろ、という難題に、子ども心に当惑して泣いたらしい。母はまた、私にこう教えた。

「ご飯をいただくとき『いただきます』と言うのは、父さんや母さんに言うのではなくて、お米を作ってくださった、おかずを作ってくださったたくさんの人たちに『ありがとう』とお礼を言うことなのよ。人間はひとりきりでは生きてゆけない。みんな、まわりの人たちのおかげで生きさせていただいているのだからね」

　こんな言葉を、今の子どもたちが聞いたらなんと答えるだろう。

「お米を作る人も、おかずを作る人も、その仕事によってお金をもうけてるんじゃないの。食べようと残そうと私のかってよ。カンケイナイ」

くらいのことは言うかもしれない。このごろの子どもは、「いただきます」はおろか「おはよう」も「おやすみ」も言わないとか。それともう一つ、納得させる会話のできる母親が何人いるだろうか？まるでおとなに対するように、真剣な目をして私をしかった母のツメのアカでもせんじて飲ませてあげたい気がする。私の母は、私以上に無学無教養だが、ひたむきに人間の初歩を私に教え込んでくれた。私はそういう母を偉いと思うし、好きである。

　ご飯の茶碗を見ると、私は母を思い出す。ほっかりとしたご飯のぬくもりが茶碗を通して手のひらに伝わるとき、心の中で「ありがとう、いただきます」とつぶやく自分を感じるのは、私だけではないだろう。

『珍味入れ』

　さんざごちそうをつついたあと、さて、仕上げにお茶づけ一杯となると、なにかしら塩辛いおかずが欲しくなる。

　家庭の台所の戸棚の中には、たいてい、塩こぶとか小魚のつくだ煮とかいった、お茶づけの友だちが待機しているものだが、突然にお声がかかってみると、お座敷に出るその身じまいが、なかなかまにあわないのが普通である。たいていはプラスチックの容器とか、陶器のふた物に入ったまま、あたふたと走り出るが、中には、店売りの瓶ごと、箱ごとのまま飛び出すこともある。陶器のふた物というものは妙に無精ったらしく見えるし、箱ごとドッカリときては、せっかくのお膳の上が急に世帯じみて、食事の幕切れがしまらない。

「ま、そんなかたいこと言わないで」と、女房のほうが見て見ぬふりをしていても、勤め先からピリピリした神経を持ち帰っている夫のほうは、その味気なさ、そのごまかしをちゃんと見ぬいているものである。

　この節は、バーやナイトクラブで、キンピラごぼうやおからの煮つけが幅をきかすというヘンなご時世だが、世の男性たちは、ただ、おからやコンニャクに恋いこがれてバー通いをするわけではない。お酒を飲む、というリラックスしたふんいきにタイミングよく出される、ほどよいおかず、それも、なつかしい〝おふくろの味〟郷愁ほんわかのおそうざいばかり、そして、最後まで手をぬかない美人のサービス、プラス、サービス。それらが、たまたま家庭ではつい、おろそかにされている、ということではないのだろうか。「あたりまえよ！　あちらは大金をふんだくるんじゃないの、女房だって忙しいんですからネ、くやしかったら金よこせ……」なんて言っちゃ、身もふたもない。

　不覚にも結婚しちまったのが運のつき、とあきらめて、ラッキョウやのりのつくだ煮を瓶ごとお膳にのせる〝荒々しさ〟は女房のタブーと心得たい。めんどうくさくてもなんでも、顔で笑って心で泣いて、ちょっと小皿に盛り替えることで食膳はグッと楽しくなる。

　ふた物は無精たらしいといったが、出し方しだいで、やはり、ふた物はアットホームな容器である。写真は根来の直径十センチほどの珍味入れ。梅干し一個、花ザンショ一つまみを入れてお膳に置くと、まかりいでたる茶づけの供にそうろうといった貫禄になる。「馬子にも衣装、かみ、かたち」とは、よく言った。昔の人は苦労したんだなア。

『水滴』

「書道を習いたい」と思った。

何でも思い立ったら即行動に移すヘキのある私は、さっそくに書道具一式を買い込んで机の前に座ってみた。まずは半紙など広げ、優雅なる水滴の口から、新しいすずりに、露のごとく清げなるしずくの一滴、二滴……。なんとも静かなよい気分のものではある。そこへ電話が「ジリジリジリ」、あわてて立ち上がるところへ玄関のブザーが「ビー」、主人がお客さま連れで突然のご帰館である。今晩のメニューが全く狂って、そら、魚屋へ電話、肉屋へ走る、てんやわんやで、もうお習字のほうはだめ。あくる日も、またあくる日も、机の前にすわろうとするとたんに用事ができて……。半年たった。すずり箱はとうに書斎のすみに押しやられ、半紙は台所へ下がっててんぷらの下敷きとなり果てた。

そして、水滴は、ああ水滴は、いまや〝しょうゆつぎ〟と身を変えて、毎夜、酒席の宴にはべっているのである。

この水滴は中国産。竹をかたどった思いつきがいかにも東洋的である。

たいへん、日本的な食卓のお供である。食卓でつまようじを使う習慣は、東洋にかぎるようで、西洋ではレストランにはいってもテーブルの上に〝つまようじ〟の姿はなく、どうしても必要とあれば洗面所で使うのが常識のようである。食べ物がはさまったトタンに、人前で歯をムキ出して食べかすのしまつを急ぐのは、実際には清潔なのかもしれないが、あまりに現実的で美的ではない。が、奥歯にはさまった食べ物を追い出そうとしていつまでも「チュッチュッ」と舌を鳴らしているのは、なおみっともない。私の友人のアメリカ女性は、食後「失礼!」と洗面所へ立ち、携帯用の小さな歯ブラシを取り出して、大々的に歯を洗って戻ってくる。ちいとも悪びれないそのしぐさが、いっそさわやかに感じられて、こっちの口の中までサッパリとするようであった。

　戦時中、慰問団の一員として〝大日本帝国海軍〟の基地を訪ねたとき、当時ではもう、めったに口にすることができなくなっていた〝洋食〟をごちそうになった。のりのきいた、真っ白いテーブルクロスの上に、点々と、小さなウイスキーグラスが置かれていて、グラスには真っ白い食塩がこんもりと盛られ、その塩に何本かのつまようじが形よくさしてあって、それが、花のないテーブルの飾りになっていた。何をさせても、男にはかなわないな! と思い、そんなスマートな海軍を、ちょっと頼もしく感じた。

　つまようじ。

日本語では、つまようじ。

英語では、TOOTHPICK。

フランス語では、CURE-DENT。

　こんな小さなものにも、ちゃんと名前があると思うと、なんだか、いとしい。我が家のつまようじ入れは、洋酒のワンショットの計りコップである。指を一本立てたデザインが小イキで、それが格好なとってになっていて使いやすく、愛用している。

つまようじ。

『ようじ入れ』

『水差し』

「水をガブガブ飲むのは、アメリカ人とカエルだけよ」と、フランス人は言うが、そのフランス人ですら、東京の水はまずい、と言う。

　東京の水は全くまずい。カルキのにおいのするザラついた水でいれた日本茶も紅茶も悲しくなるほどにまずい。しかし、フランスの水のように飲んでおなかをこわすことはないから、まだマシだろう。

　パリで半年、下宿住まいをしていたころ、私は毎朝、洗面所のコップのまわりに石灰が白く残るのを見てゲッとなり、洗濯をしてもかわいたあとにギシギシとした白い粉がこびりついているのを見るたびに「日本へ帰りたい」とションボリしたものである。食料品店にはエビアンやビシーなどの水のびん詰めが並んでいて、「水のびん詰めなんてアホらしい、キザもいいかげんにしろ」と思ったが、このごろは日本でもなんとかウォーターなどといって、ちょっとしたレストランでは、びん詰めのお水さまがまかり出ることになっているし、家庭にも普及しはじめた。つまらないところだけフランスに似たものである。

　夏になると、私は東京から信州の山の上へ出かけていく。そこにはおいしい空気と水という、なによりのごちそうが待っている。私はヒイヒイ言いながら深呼吸をし、アメリカ人やカエルも驚くほど水を飲む。人間のからだの七〇パーセントは水分だというのに、せっせせっせと水を飲むから、私は溺死寸前のごとく水ぶくれにムクんでしまう。まるで一升びんが洋服を着て歩いているようなものである。

　夏の山は美しい。きらめく太陽と緑、おいしい空気と水、その全部が東京の人間にとっては〝ぜいたく品〟だといったら、地方の人に、それこそ「キザもいいかげんにしろ」と笑われるかもしれない。

　中身に信用がおければ、豪華な衣装や小道具は必要ない。山の水を入れるのに、切り子やクリスタルはかえってうっとうしいから不思議だ。

　沖縄から、はるばる海を越えてやってきたこの素朴な水差しは、まるで沖縄の海のように美しい色をしていて、テーブルと台所の蛇口の間を行ったり来たりしながら、私を土左衛門にするのに忙しい。

大皿

なんでもおおらかなもの、豊かなものは気持ちのいいものである。

　人の心をはじめとして、日本一の富士の山も、ナイヤガラの滝も、伊勢神宮の大鳥居も、そのばかばかしいほどの大きさがあればこそ、こせついた私たち人間どもにいこいを与えてくれるのだろう。

　何年か前のある日、小さな家の中の小さな食堂で小さな器にチビチビと盛られたおかずをセカセカとつついていた時、私は突然、大きなお皿が一枚ほしくなった。でっかいでっかい大皿にこのありったけのごちそうを山のごとく盛り上げて、片っ端からパクパクバリバリと食いまくったらさぞ気分がいいだろうなと思った。

　中国料理の、あの大皿に皆がいっせいに箸をのばす食事の形式を私は昔から好きだったし、ふぐのおさしみが菊の花びらのように並んだ大皿がデン！と食卓に置かれる感じも私の大好きなものだった。「大皿を見物するために、わざわざ中国料理屋やふぐ屋へ行かなくても、わが家に大皿なるものがあればいいんじゃないか、そうだ、そうだ」と、あたりまえのことをあたりまえに思いついた私は、ひどく楽しくなって、外出のたびに古道具屋をのぞき、デパートを歩き、骨董屋をさがして、気に入った大皿をたずねまわった。

　大きな陶器のお皿はどれも高価であった。けれど、人間が力いっぱいにこね上げた土を、あんなに平たくのばして、美しい模様を描き上げた大皿を、そおっとかかえるようにしてかまどに入れて、丹念に焼き上げる人の気持ちを思うと、高くてもしかたがないような気もしてきて、私は大皿を買うことをあきらめなかった。心を入れて作られたものを、心から求めて、心をこめて使ったら、大皿だってうれしいにちがいないだろう、と思った。

　現在、私は四枚の大皿を持っている。一枚は安南、一枚は赤絵、そして伊万里と、素姓の知れない藍色の皿である。素姓の知れない藍色の大皿は去年、古道具屋のおやじが八千円というのを五千円に値切って私のものにした。おかげでその夜のおかずはビフテキから野菜なべに転落したが、大きな藍色の中で、青いねぎや春菊や、白菜やしいたけが生き生きと美しく見えて私は満足だった。

　大は小を兼ねる、というが、この大皿のおかげで、どんなに台所の手数がはぶけ、お客さまに楽しんでいただいているかしれない。お祝いごとの夜は、大皿に赤飯を盛り上げ、もう一枚にはお煮しめを、そしてお新香とつくだ煮を、デザートの生菓子を美しく並べる。食卓に四枚のお皿が運ばれると一見豪華な風景で、だれもがニッコリとする。不意の来客には大皿にのり巻きとおいなりさんを盛って出し、お三時のころはサンドイッチがピラミッド形に盛り上げられる。十人前くらいのオードブルは一枚のお皿で充分である。

　私はどんなに美しいものでも実用にならぬものは買わないし、使えるものをしまい込んで楽しむ性質ではないので、この大皿たちも暇なときにはみかんやりんごを二つ、三つほうり込んで、部屋のアクセサリーになってもらっている。

「おべんとう箱」

戦中派の人ならだれでも小学校のおべんとうの思い出をかならずもっているはずだ。お昼の鐘を待ちかねて開くおべんとう、ご飯の上に焼きのりを敷きつめたのりべん。白米の真ん中に梅干し一個の日の丸べんとう。自分のおべんとうのおかずにマンネリズムを感じた子どもたちは、友だちどうしでおかずを取り替えっこをして楽しむ。なつかしい思い出である。

よく汽車弁の好きな人がいる。駅へ着くたびに、いい年をしたオヤジが窓から身を乗り出して汽車弁を買いこんでいるのを見ると、「ああ、あの人もおべんとうに郷愁を感じているのだな」とほほえましくなる。実はそういう私もその仲間の一人である。

私の職場は映画の撮影所だった。朝が早いので朝飯は食べずに撮影所へ飛び込み、セットへはいれば常に緊張の連続だから「おなかがすいた」などとのんきなことは言っていられないが、お昼のサイレンが鳴ると同時に、限界にきた胃の腑がグウグウいい出す。撮影所のおひる、といっても単調で、カレーライス、ラーメンが関の山で、外から出前を頼めばトンカツか親子丼くらいは持ってくるが、どちらにしても決まりきったものばかり。やっぱりおべんとう持参がいちばんいい。たっぷりとおかずのはいったおべんとう箱をひろげ、自分のおかずと、だれかのラーメンのスープを取り替えっこしたりして、ワアワア言いながら食べる楽しみはまさに食事の醍醐味である。

そのおべんとう好きな女と結婚した松山善三という男がまた大のおべんとう好きときたからたいへんなことになった。彼はおまけに好ききらいが多く、ことに梅干しとタクアンのはいっているおべんとうは眉をさか立て、箱ごとヤッとばかりにほうり投げるほどの激しさである。旅行に出るときは、ああだこうだと文句をつけながらおべんとうを作らせ、できたてのホヤホヤを、ほかのものは忘れても、たいせつに胸に抱えて汽車に乗り込み、ガタンと発車したとたんにムシャムシャやりだすのが趣味らしい。病気で入院しても、私は仕出し屋のおかみさんよろしく、三度三度おべんとうを作っては病院へ通った。撮影所行きのときももちろんおべんとうを持たなければきげんが悪い。好きなおかずは塩ざけ、キンピラゴボウ、だし巻き卵、牛肉のショウガ煮で、これさえあれば文句は言わない。それを各々味が交じらぬようにカップケーキ用の銀紙容器へチョコチョコと入れるのだ。

中身のほかに外側のほうもなかなかおしゃれで、アルミのおべんとう箱などは見向きもしないから容器はいろいろバラエティに富んできてわが家の台所はべんとう箱だらけになった。

写真は一人前の漆器のべんとう箱、まき絵の手下げ式お重、そして黄色いホウロウびきのは中国の上海で見つけた中国料理用のおべんとう箱である。

『雑煮椀』

　またお正月が来る。今でこそ、一年じゅうデパートでおもちを売っているけれど、昔はお雑煮を食べることでお正月を感じたものだった。

　私は、おせち料理には興味がないが、お雑煮には、子どものころから一種のあこがれをもっていた。小さい時から映画界で働いていた私は、世間の人々が年を新たにして祝うお雑煮を、何年も自分の家で食べたことがなかった。大みそかの夜にはあわただしく汽車に乗り、映画館でのアトラクション、つまりお客さまへの新年のごあいさつに出かけたからだ。だから毎年、旅先の地方のどこかで、元旦のお雑煮を食べる。ある年は白みそ仕立てのお雑煮、あるときは鶏のスープ仕立て、ある時は焦げたおもちがお椀の中に浮いており、ある時は真っ白くシコシコした歯ざわりのおもちがお椀の中にあった。わが家のお雑煮がいったいどんな味なのか、私は何年も知らなかった。そして、いつの間にか、そのわが家のお雑煮の味に深くあこがれるようになったのかもしれない。

　お雑煮、お雑煮と書くと、私がいかにもおもち好きのようだが、実は私はおもちが大の苦手である。ただ、人並みにわが家のお雑煮を一ぺん味わってみたかったということかもしれない。結婚して、一家の主婦となった私が、いちばんはじめに買ったのは、古い朱塗りの雑煮椀だった。が、お正月が来て、さて、どうやってお雑煮を作るのかわからない。女中さんにききながら、私はマゴマゴとお雑煮らしきものを作って食卓に運んだ。お椀の中には切手ほどのおもちが二つ浮いたお雑煮を――。それでも、私の胸ははずんでいた。私のお雑煮を、私の家庭で作ったのだ、という喜びが、女のしあわせとなってしみじみと私の胸に押し寄せた。

　ちっぽけなこと、と人は笑うかもしれない。でも、こんなささいなことにも喜びを見つけられる女は、やはり、しあわせだと思う。

　お雑煮を祝うことは、ただ、一つのしきたり、日本の古い習慣にすぎないかもしれない。そして今の若い人たちは「お雑煮なんて」とそっぽを向くかもしれない。けれど私は日本のひとりの女として、この習慣を死ぬまで守っていきたい。

　来年、私たちは十一年めのお正月を迎える。また、一つ年をとってしまうけれど、お雑煮の味もまた、夫婦の味とともに、濃くなっていくのだろうか――。

『しょうゆつぎ』

日本料理にかかせない調味料は、なんといってもしょうゆである。食卓にしょうゆびんがのるのは、世界中で、日本料理と中国料理の二つしかない。外国へ旅行して、日本料理が恋しくなった時、そして、その土地に日本料理がない時に飛びこむのは絶対に中国料理屋である。そんな時は、店にはいったとたんに自分の視線はしょうゆびんを求めてさまよい、しょうゆびんの存在を認めた瞬間の満足感といったら、思わずニッタリするほどである。つまり、日本料理が恋しいのではなくて、しょうゆが恋しいのである。

西洋料理が苦手な旅行者が塩コブなどをスーツ・ケースにしのばせていくのも、やはり、しょうゆのけさえあればなんとかまぎれる、ということなので、「西洋料理のゲップをしながら、ホテルの一室で、ひそかに塩コブをしゃぶってホッとする」などという話は、涙ぐましくさえなる。全く、日本人と生まれた宿命というよりしかたがない。

しょうゆつぎというものは、三度三度食卓にのるものだから、食事を楽しくするためにも、食卓を美しくするためにも、一つ以上は持っていたいと思う。鮭の切り身二きれほどの値段で買えるものもあるが、上等のうなぎ丼を食べたつもりで奮発すれば、来客用の最上等のしょうゆつぎが買える。私は、洋食のときは、ガラスのミルク入れに入れたり、小さい化粧びんに入れたりして食卓用のアクセサリーを兼ねて楽しんでいる。

写真の、黒い漆に金蒔絵のは、古道具屋にころがっていたのを三百円で買ったもの。これは、もと、何だったかおわかりですか？　古いおひなさまのお膳の上にあった「湯桶」である。このほかに、外国で一人前のブランデーを入れて出すガラスのびんも私の愛用品で、二組、三組くらいの来客の時は、おそろいでそれを使っている。

食いしん坊夫婦ろん

私たち夫婦はまるで性格が違う。夫は誠実で親切で、仕事好きだが、妻は要領つかいでチャランポランで怠けものである。いま流行の性格の相違とやらの見本のようなもので、そんな夫婦がなぜ離婚もせずにいるのかといえば、理由は簡単、ただ一つ、「二人とも食いしん坊」だからである。

オソマツな理由だが、夫婦なんて、苦しまぎれに何らかの妥協をみつけるために生きているみたいなものだから「食いしん坊」もまた立派な理由なのである。しかし、お互いに違うおなかから生まれ、違う環境に育ったのだから、結婚当時はなにかとまどうこともあった。新婚の夫は開口一番こう言ったのである。

「僕はですね、夫として妻のあなたに一つだけ頼みがある。それは一生タクアンを食ってくれるなということなんだ」

私「えッ？　あんたはそんなにタクアンがキライなの？」

夫「キライ！　クサイ！　あんなものを美人が食うなんてキモチが悪い」

私は、美人という殺し文句に、釣針にアゴをひっかけられた魚のごとくデレンとなり、一生、大好きなタクアンと訣別しようと決心した。

夫はひどい偏食であり、嫌いなものより好きなものだけ聞く方が早いほど、あれもイヤ、これもキモチ悪いのだそうで、夫に言わせると、こうなったのはすべて「僕、おばあちゃん子だったから」だそうで、なんでもおばあちゃんのせいにするのである。ダイコンはオロシはいいけど煮たのはクサイ。コンニャクはイヤ。サトイモはヌルッとしてる。おこうこは一切ダメで、カボチャは死んでも食わない。大体カレーライスに福神漬がついてるなんて、どこのバカが考えたんだ、などと真剣な顔をして怒るのである。「なんてまあ、わがままな」と言えば「だっておばあちゃんが」と居直るのである。

こっちもなんとか居直ってやりたいが、私は貧乏性のせいか、キライなものが一つもない。が、私は私の好みの味を持っているから、彼の好みのものを私風の味つけで、しゃにむに食膳に載せるより仕方がない。

彼は日一日と本性を現わしはじめ、味噌汁が甘いの、さしみの鮮度がどうの、と文句を言いはじめ、どうしてもおふくろの味のカレーライスを作れと言う。やっと出来た粉だくさんの赤ん坊のウンチみたいなカレーに、彼は唇をとがらせて白眼をムイた。

結婚後、半年もたったある日、「今日はおふくろの料理を食ってくる」と、いそいそと出て行ったと思ったら、首をかしげかしげ帰って来た。久し振りのおふくろの味が期待に反した、というより、彼はもはや女房の味に馴れてしまったのだろうか。なんとなく呆然としている彼を、私は哀れに思い、そのくせ女房としては一点勝ったような気もした。

しかし、汽車弁に奈良漬の一切れも入っていようものなら、箱ごと放り投げるような癇性な夫を飼育するのは並大抵なことではない。私たちがみるみる食いしん坊となり、食魔と化したのは、食う方と食わせる方の闘いが、こうじたせいだろう。私のおでこのシワの五、六本はたしかにこの闘いによって生じたもの、と私は信じている。

私の知人にこんな夫婦がいた。女房はトーストにスープ、夫は味噌汁にご飯、毎朝、両方がガンコにそれを押し通し続けたことがもとで、とうとう離婚してしまったのである。食いもののウラミはこわいというが、夫婦喧嘩の理由なんて、ささいなことから始まるもので、たかが食いもののこと、などとあなどっては断然いけないのである。台所の主人は主婦である。家の食事が不満なら夫は外食するのが当然で、わざわざ帰ってこないようにする女房の方が怠慢なのだ、と私は思う。

近頃はバーやキャバレーで、オカラやコンニャクの煮つけが幅をきかす妙なご時勢である。なぜこんな珍現象が起きるのか？　家庭の女房がややこしいフランス料理のソースの研究にうつつをぬかしている間に、外敵は先手を打って、夫の郷愁につけこむことを考えているのだろう。

主婦たるものはおおいに反省しなければならない。せんべいなどかじりながらテレビを見ているヒマなんか、あるはずないのである。しかし、こうなったのはそもそも日本がヘンに豊かになったからで、雑誌やテレビなどがやたらと料理の作り方などを宣伝し、色ばっかりションガイナみたいなインスタント食品が氾濫したせいで、それをまた人の好い主婦たちが、わざわざ追いかけるから、混乱は混乱を呼んで家庭騒動にまで発展するのである。

私のような人の悪い人間は、疑うことはするが、信用はしないから、失敗もない代わりに進歩もしない。どちらがよいか知らないが、誰だってうまいものを食べたいからウロウロするので、人間なんてずいぶん他愛のないアサハカなものだと思う。

つまり私たち夫婦は、さしずめアサハカさのサンプルということになるだろうか。

食魔と化して同士討ち寸前の私たちは、まつたけを追って京都へ飛び、中国のカニを求めてホンコンへ飛ぶ、と、とどまるところを知らない。うまいものを得るにはそれ相当のおアシもいるので、夫はせっせせっせとみっともないほど働いては食って、食って食いまくり、妻は妻で、腰のまわりに根強くしがみついた脂肪をもてあましながら、今日もまた八百屋や魚屋の店頭をうろついて、内助の功に忙しい。

夜中の一パイ

昔、私は一滴のお酒も飲めなかった。私は酔っぱらいが嫌いだし、お酒なんて飲むだけ無駄だと思っていた。

ある日のことだった。木下監督に「日本酒が飲みたいヨ」と言われて、お酒と全く縁のなかった私と二人の女中さんは飛び上がって驚いた。とにかく一人は酒屋へ、一人は隣家へトックリとおチョコを借りに走った。ところが三十分たっても一時間たってもお酒が現われない。私はしびれを切らせて、台所へ立っていって驚いた。ガス台に大きなご飯蒸しがかかっているのである。おカンをつけることを知らない彼女たちがお酒の入ったトックリをご飯蒸しで蒸していたのである。茶碗蒸しじゃあるまいし。

私はその時生まれてはじめておカンをつけた。「おカンは人肌に」とつぶやきながら。ところが、そんな私が後に大酒のみの男と結婚してしまったのである。夫は夜な夜な友人を連れてきて必ず一コン傾ける。三分ほどで食事を終えた私は夫がながながと杯を傾けているのをただ眺めているより仕方がない。毎晩それをくり返しているうちに、私はだんだんアホらしくなってきた。そして決心したのである。「よし、私も飲んでやるぞ」と。

一年経ち、二年経つ内に私はいっぱしの飲んべえに成長した。それどころかお酒がおいしくてたまらなくなったのである。家に酒ともだちが出来たせいか、夫はだんだん友達を連れて来なくなり、夫婦だけの深夜の酒盛りが我が家の習慣になった。夕食のあと、夫はひとしきり仕事をする。そして夜中の十二時すぎからその日のしめくくりの一コンが始まるのである。夫はブランデーの、私はウイスキーのコップを前にして、今日の出来ごと、明日のプラン、と話はつきない。「隣り近所の泥棒の番をしているようだ」と言いながら夜が明けてしまうときもある。よく倦きもせず話があるものだと言われるが、話があるからお酒がうまいのか、お酒があるから話が出るのか知らないが、とにかく深夜の酒盛りは生活を楽しくする。

私は奥様方にぜひおすすめしたい、家族が寝静まったあとで旦那様と一パイおやりなさいと。お酒を出されて怒る夫はこの世にいない。但し女房は夫の話相手になるべく勉強が必要だ。話題があれば話は四方山に広がってゆく。お酒は身体に毒だというが精神衛生上は絶対にない。「お酒を飲めない人はどうするの」って？ それなら甘いものでも召し上がれ。深夜、夫婦向かい合って葛ざくらのアンコをなめているなんて、なかなかオツな図ではないかしら。

タクアンの思い出

ある監督さんが、こう言った。

「演技者というものは、普通の人間がタクアンを臭《くさ》いと思う、その二倍も三倍も臭いと感じなければならない」

感受性についての教訓だったが、例にタクアンを引いたところが、いかにも実感にあふれていて、まわりから小さな笑い声が起こった。私は、その言葉を聞きながら、子供のころのタクアンの思い出を、フッと胸に浮かべ、そしてかみしめてみた。

蒲田の小さな貸家だった。

茶の間には暗い電燈がともって、夕食のちゃぶ台が出ていた。父と母が何か激しく言い争っていて、七歳の私は、じっと身をすくませて小さくなっていた。母が不意に立ち上がって、泣きはらした目をエプロンで押えながら、台所へ入っていった。私もしようことなしに、モジモジと立ち上がって台所へ行った。

トン、トン、トン、母はまないたの上でタクアンを切っていた。ドンブリに入れようとして、タクアンをつまんだ母の手に、タクアンが全部つながってダランとたれた。それを見た母の顔が、泣き笑いに吹きだして、私も救われたように笑いだした。まるで、当時の蒲田映画をみるようで、おなかの底から笑いがこみあげた。

父母がどんな理由で争いをしたのかも、私はおぼえていない。ただ、あのつながったままのタクアンだけが、妙に印象に残っている。

世間の人は、私たち俳優は、いつもごちそうばかり食べていると思うらしいが、撮影中は、ロケなら駅弁、でなければ、撮影所の食堂のカレーライス、てんやもののラーメン、もりそばの類である。

それも毎日となってはゆきづまって落ちつく先は、おにぎりかお茶づけである。それも近ごろはやりの、一口おにぎりなどというしゃれたものではなく、のりで包んだ大きなタドンのようなヤボな代物である。撮影の仕事は精神的にも肉体的にも重労働である。まず体力が必要である。加山雄三氏が四回食事をするのは、ちっとも不思議ではない。昼食時には、スタッフ一同、待ちかねたようにエネルギーのもとをつめこむのである。

司葉子さんのような美人が、おにぎり片手にタクアンをポリポリかじっている様子は、何やらものがなしくこっけいだが、それもこれも、仕事の激しさが要求するのだから仕方がない。

しかし、写真は、みた目よりふとって写るものであるから、ふとる性質の人は、節食をしなければならない。目がまわるほどおなかがすいても、サラダと牛乳くらいでがまんをするのは死にそうにつらい。まったく、らくをしていては、お金がとれないものである。

昔、東北へロケーションに行ったとき、撮影のあいまに休ませてもらった田舎家で、お茶うけに出されたナスの塩漬けのおいしかった思い出も忘れられない。

八十歳くらいのお婆さんがそばに座っていたが、私が田舎娘の衣裳をきているので、俳優だとは思わなかったらしい。東北弁で淡々と世間話をしながら、ウチワで風を送ってくれた。私もおぼえたての東北弁で、くすぐったい思いをしながらも、のんびりとお茶をすすり、ナスの漬けものをつまんだ。

　俳優であることも何もかも忘れて、あんななごやかなふんい気を楽しんだことはない。砂漠のオアシス――まったくそんな気がした。

　終戦直後、私がアーニー・パイル（今の宝塚劇場）で歌っていたとき、ステージがすむといつも進駐軍の兵士たちが、ドッと楽屋へ訪ねてきた。浅黒い皮膚で、日本人の顔をしてアメリカの軍服を着た人たちに、母が、

「あなた方、いったい何人なの？」

と、聞いた。ハワイやアメリカの日系二世という存在を、私ははじめて知って、自分のものの知らなさかげんを恥じた。そして、

「おにぎりとタクアンが食べたい」という言葉に、二度驚いた。

　彼らは、アメリカで生活をしていても、一日に一度は米食をするらしい。外国にいついている日本人は、内地にいる日本人より、もっと日本人なのであった。母の作ったおにぎりは、おおぜいの二世軍人を喜ばせたものだった。

　ナスの塩漬けの思い出も遠くなり、つながったタクアンも昔話になった。「思い出はなつかしむもの、溺れるものではない」とは、私の持論だが、喜びも悲しみも、一つ一つ重なり合って人間をつくる。どんなささやかな喜びも、どんな大きな悲しみも、かみしめて自分のものにしてゆくことである。とるに足らぬタクアンの思い出でも、私には、なにかにつけて、なつかしく思いだされて、私はそのたびに、強力ビタミンでものんだように、しゃんとするのである。

　思い出と現在は、常に違ったものでありたい。昨日より今日、今日より明日に、たとえ、一歩ずつでも前進していたい。が、振り返って、自分をいとおしむ心の余裕もほしい。ちょうど、おにぎりとタクアンの切っても切れない縁のように。

偉大なる食いしん坊

――谷崎潤一郎先生の亡くなった頃――

「どこかにおいしいビフテキはありませんかね？」

　というお電話をいただいたのが、谷崎先生との最後の会話になってしまった。それから一か月もたたぬ間に、先生の告別式に出席した私は、どうしても先生が亡くなったとは信じられなかった。献花のときも、先生が生前お好きだったというくちなしの花束を胸に抱いてのんきな顔をして祭壇に進んだ、その私の目にいきなり、そこに安置された小さな四角い箱がとびこんできた。「先生が、この中に……あの谷崎先生が」そう認めたとたん、思わず私はわけのわからぬことを先生に話しかけていた。支離滅裂で何を言ったのか知らないが、いま、お話をしなければ先生とはもうお目にかかれない、

ということだけが私を混乱させたのだろう。呼びかけても、話しても、もうお返事がない、ということを納得することが恐ろしくなって、私は祭壇に背を向けて、逃げるように走り下りた。

やたらと涙が出る。でも先生が亡くなったなんて信じられない、信じられないというより、信じたくない。でも嗚咽がこみあげてくる。信じたくなければ信じなくたってかまわないじゃないか、「先生は死んだと思え……」なんて、誰も言ってやしない、でも……あの小さい箱はなんだ、喪服を着てうつむいているこのおおぜいの人たちはなんだろう、泣き疲れて今にも倒れそうな谷崎ママはいったいどうしたのだ。何があったというのだろう。

八月三日は本当に悪夢のような日であった。

谷崎家とのおつきあいは、私が映画で『細雪』の妙子を演じることになった昭和二十五年にはじまる。先生の御好意で、妙子のモデルといわれる嶋川信子さんに、本当の芦屋言葉を習うことになった私は、しげしげと谷崎家に出入りをし、熱海のお宅に泊まりに行った。私がお訪ねすると、谷崎先生はいつもあわただしく玄関にとび出していらして、私にスリッパをすすめると、ご自分は土間へおりてガチャガチャと、鍵をかけられる。それからお風呂場へ走って湯舟に手をつっこみ、湯かげんをみながら、「おい、ぬるいぞ」とか「あつすぎるじゃないか！」とか怒鳴り、それからやっとお座敷におちついて「ハイ、こんにちは」のごあいさつになるのだった。その頃、おっとりと美しい奥様や恵美子さんは、私のためにやれタオルだ、石けんだ、お茶だ、といっとき右往左往のさわぎをされる。先生は、私の持参したおせんべいの箱など開けて、「このつぎはこの砂糖のついたのはいらないな……」とか、なんとか一人ごとをおっしゃりながら、目をギョロギョロさせて、気に入ったおせんべいだけをボリボリとたてつづけに口に放りこみ、さっさとフタをしめて、ごていねいにヒモまでかけ、サッと押入れにしまってしまう。そして「ごゆっくり」とおじぎをなさって奥へ消えてしまう。だから、ママや恵美子さんは、いつも私の持っていったおせんべいを食べそこなってしまうのだった。

先生はお家の中で、誰よりも一テンポ早かった。朝、早いうちにお仕事を済ませた先生は、気が向くとフラリとお茶の間に現われて廊下の籐椅子に腰をおろし、庭を眺めているようなふりをして、女たちのおしゃべりを、耳だけこっちへ向けて聞いていた。そして、押入れを開けて、また、おせんべいを取り出し、ご自分の好きなだけ召し上がると、例のごとくヒモをかけて押入れにしまう。そして、私たちにはギリにもすすめて下すったことがなかった。おせんべいの一件は、はじめ私にはずいぶんとこっけいで不思議に思えたが、だんだんとおつき合いが重なるにつれて「おいしい食べものが、いかに谷崎先生の生活において重要な位置を占めるか」がわかってきた。おせんべいだけではない。チーズケーキを届ければ、これも一人で平らげて、おなかをこわしたり、また好物のパイナップルを届けたときも、あとでママに「いかがでした？」とお電話したら、「主人が一切れ食べては冷蔵庫に入れてしまうので、私たちには味もみせてくれません。まだ半分くらいもあるのに……」というお返事だった。

先生の徹底した天衣無縫な食いしん坊ぶりは、先生の偉さやこわさからは誠に縁遠く、食事のときの先生は別人のように親しみやすかった。食べものを見るときの、あの熱心な目の色。楽しげに忙しく動く唇。おわんの汁を吸う「ジューッ」という精力的な音。そして、食後の満足気な、赤ン坊のような顔。忘れられない先生の思い出である。

谷崎先生と、私のようなヘナチョコの間に、なんの話題があるはずもなく、いうなれば、おいしいものをごちそうになることでつながっていた十何年かであった。あれは『細雪』の撮影中のことだったろうか、谷崎先生と、幸子の谷崎夫人、雪子の渡辺夫人、妙子の嶋川夫人、悦子の恵美子さん、それに私と六人で、おすしを食べに行ったことがあった。おすし屋の飯台の上で、まだピクピクと動いているエビの生きづくりを、先生は、こよなく満足という表情でポイ！　と口の中へ放りこむ。

女たちは、キャーと大げさに声を立てては、先生をヤバンだの、ザンコクだの、となじる。美しい芦屋言葉と先生の江戸前のパッキリとした言葉がいったりきたりで、あとはなごやかな笑い声。いつも静かな渡辺の奥さんまでが、谷崎ママの肩にすがるようにして笑い出した。

――「娘《とう》さん、どうぞ早うお上り下さい」

と、親爺が例の癖を出して、まだ手を着けずに眼の前の鮨を見守っている雪子に云った。

「雪《き》姉《あん》ちゃん、何してるのん」

「此の蝦、まだ動いてるねんもん。……」

雪子は此処へ食べに来ると、外のお客達と同じ速力で食べなければならないのが辛かった。それに、切り身にしてまで蝦の肉が生きてぶるぶる顫えているのを自慢にする所謂「おどり鮨」なるものが鯛にも負けないくらい好きなのではあるが、動いている間は気味が悪いので、動かなくなるのを見届けてから食べるのであった。

「その動いてるのんが値打やがな」（中略）

「車海老やったら恐いことないけど、食用蛙は恐かったわなあ、雪子ちゃん」

「へえ、そんなことがあったんか」

「ふん、あんさん知りなされへんけど、いつか渋谷に泊ってた時に、兄さんがあたしと雪子ちゃんを道玄坂の焼鳥屋へ誘うてくれはりましてん。そしたら、焼鳥のうちはよろしゅおましたけど、しまいに食用蛙を殺して焼くねんわ。その時蛙がぎゃッと云うたんで、二人とも青うなってしもて、雪子ちゃんはその晩とうとうその声が夜じゅう耳について、……」

「ああ、その話止めて、――」

雪子はそう云って、もう一度しげしげと蝦の肉を透かして見て、「おどり鮨」が躍らなくなったのを確かめてから箸を取った。

（『細雪』中巻より）

私は、名作『細雪』の一節を目のあたりに見るような錯覚をおこして、うっとりとしてこの光景を眺めていた。

私が、松山善三と結婚したのは、先生が伊豆山のお家に移られてからだったが、お花見のご案内をいただいて、「さて、先生のお庭には桜の木があったかな？」と考えながら出かけてゆくと、先生ご自慢の京都の御所のしだれ桜、実は小指ほどのヒョロヒョロとした桜の木が、つっかえ棒だらけでやっと立っていて、花はつぼみも合

わせて全部で十りんほど、緋もうせんには蒔絵のお重に朱塗りの杯、とびきり上等のお花見のごちそうが美しく並んで待ちかまえていた。なんとも大げさで、ごたいそうで大時代で、ふだん私たちの住んでいるこせついた世界とはまったくかけはなれた風景である。しかし、これが谷崎先生の世界なのだ。

また、京都、祇園の料亭一力で、若い私たちをむりやり正座に据えた先生は、ひじつきに寄って京舞を眺める。古く美しい一力のお座敷、金びょうぶ、二本の燭台、そして、地唄舞。これが谷崎先生の世界なのだ。

私たちは、ほこりと喧噪の東京から時々のがれては、先生の世界の空気を吸いに出かけ、キツネが落ちたようになって帰ってきたものだった。

ある日、京都の先生から「緑が美しいから遊びにいらっしゃい」とお誘いをいただいた。私たちだって、たまには遠慮をすることもあるから、ていねいにご辞退申しあげると、「来てもらいたくなければ、はじめから招待はいたしません。潤一郎」これだけのお手紙が速達で飛んできた。大きいデンデン虫のような先生の字が便箋からはみ出さんばかりで、まるで先生が目をむいて怒鳴りつけているようである。ギョー天した私たち夫婦は、なにもかもおっぽり出して京都へ駆けつけた。京都へ着くと、旅館「佐々木」の女中さんが迎えに来ていて、宿へつくと間髪を入れずに先生から「よく来たネ」とお電話があった。こうして先生のたてたスケジュールで、私たちの京都旅行がはじまった。

○月○日

午前十時、宿へお迎えの車。

詩仙堂、寂光院、見物のあと、昼食はたん熊。午後、島原でかしいの式。夜は一力で祇園料理、舞を見る。

○月○日

壬生寺のドンガンガンを見物。

二条陣屋を見物。春も浅いのでまだ寒い。私たちは縮みあがっているが、先生が一番お元気でスタコラ先きに歩いてゆかれる。

○月○日

昼食は、佐々木へ鳥政の肉をご持参になり、ご自分でスキヤキを煮て「もっと食え、もっと食え」と強制する。

午後、ドライブ。

夜は、河繁の関西料理。

○月○日

午後、お迎えの車をいただき、嵐山で水あそびなどして、吉兆でひる寝をせい、とのこと。水あそびとは何ぞやと思って吉兆へ到着すると、ボートの用意がされていて、松山と一時間ほどボートを漕ぐ。吉兆へ戻ると午睡の用意がされていたが、眠くないのでウロウロしていたら、先生ご夫妻が現われて、豪華なお料理をごちそうになる。

「嵐山がわが庭のようでしょう」と、先生はご満悦だが、そんな大それたことは、生来みみっちい私たちにはかりそめにも考えられない。けれどムリにそう思ってみることにした。

○月○日

祇王寺の帰り、竹ヤブを散歩中に雨が降ってきた。車のあるところまで遠いので、先生はマフラーを頭からかぶり、あごの下で結んで垂らしたので、ゴンベエの種マキのような格好になった。食事にゆきづまったからどこか珍しいところへ案内せい、と言われるので、少々下品な肉屋へお連れする。肉屋の仲居さんはゴンベエの種マキをうさん臭そうに見ていたが、お座敷へ通ってやおらマフラーを外されるや「ウヘェーッ」と言って平ぐものように這いつくばった。

○月○日

肉のバタ焼きを、先生は際限なく召し上がる。

○月○日

帰京。

十二時の汽車で、ご一緒。

発車間際に、大きい白い風呂敷包みが車内に運ばれた。なんだろうな、と思って見ていたら、ガタン！　と発車したとたん、その包みが開かれて、私たちにも配給になった。たん熊のお弁当で、まだホカホカしている。発車直後のこととて、まだ通路もざわついているというのに、窓外を眺めながらお弁当をパクついている先生の満足気な横顔がおかしくて仕方がない。

ざっとこんなスケジュールで、その豪華なゆき届いたおもてなしに、ただただ恐縮してしまったが、「客人をもてなす」ということは、こういうことなんだ、と、いたくキモにめいじた。

熱海へおよばれしたときも、食事は必ず先生のお宅でいただいた。宿のふとんが固いのよ、とつい口をすべらしたら、その夜谷崎家の女中さんたちが、ウンショウンショ言いながら軽い蒲団を運びこんできてしまう。おひるは重箱のうなぎが届き、おやつにはおいしいケーキが届く。宿のお勘定はすべて先生にくっついてしまうらしく、一度も払ったことがない。私たちの払ったお金といえば、食

べすぎてかかったアンマ代ぐらいのものだった。

食べもののことで、私がいちばんびっくりしたのは、浜作か辻留でごちそうになったときのことだった。先生はその夜を非常にたのしみにされていたらしく、ごちそうの来るのを、いまや遅しとソワソワされていた。「お待たせしました」という声と同時に、鯛のうしおだか、はもの吸物だか忘れてしまったが、とにかく美しいお椀が運ばれてきた。食べもののこととなるとすぐにあわてる先生の指先が、あッという間にお椀をひっくり返し、すまし汁がビシャ！とテーブルに流れた、とたん、先生の唇がその汁を追いかけて、ちゅうと音立ててそのこぼれた汁を吸いあげたのである。そして先生は「ああ、もったいない、もったいない」と呟きながら、お椀の中をのぞいた。

私は、谷崎先生の怒った顔を二度見たことがある。一度は、これもある日本旅館で夕食をごちそうになったときだった。この夜は、谷崎夫人と松山、私の他に、もう一人松山の友人がご相伴させていただいていた。日本料理のコースが終わりに近づくにつれて、先生はだんだん無口に不機嫌になっていった。そして、デザートが運ばれたとたん、先生は旅館の女主人を呼びつけて大声で、赤くなって怒り出したのである。「私は年よりだから、こんな食事でもかまいません。しかし、この若い男の人たちが今夜の料理で満足できると思っているのですか！　量も少なきゃ味もうすい！　こんなものがごちそうだなんて、私は恥しい……」その、あまりの剣幕におどろいた私たちは「イエ、おなかいっぱい……」とうつむいても、先生は「イイエ！」とさえぎって承知しない。実は先生が一番不満だったのではないだろうか、とあとで考えて笑ってしまった。

　もう一度は熱海のお宅で天ぷらをごちそうになっていたときのことだった。どこかの雑誌社の人たちが、何かのお礼で玄関に現われた。そのときも、先生は箸を置くや、いきなり仁王立ちになって真赤になって怒り出した。「人が食事をしているというのに、むやみと挨拶なんかに来られては困ります。食事中、はなはだ迷惑です！」と。奥さまが「せっかく東京から見えたのに……」とオロオロしていられても、先生はガンとして天ぷらを食べつづけるばかり、物を食べながらあんなに恐い顔をしている先生を、私はあとにも先にもみたことがない。

　こんな風に、私のもっている谷崎先生の思い出はみんな食べることにつながっている。こんなに食べることの好きな先生が、ここ何年間か、右手の故障と心臓の発作のために、医師から食事を制限されていたことはどんなに辛いことだったろう。その先生が今年のはじめに小さな手術をされてから突然めきめきと快くおなりになって体力もとり戻し、ふたたび旺盛な食欲を発揮され出した、ときいたときは、バンザイだ、バンザイだ、と私は嬉しくなった。先日、谷崎ママが見えたとき「仕事もできるようになりました。毎日毎日食べ歩き、少々度がすぎるようで心配ですけれど……」と言いながらも、嬉し泣きに泣いて、喜んでいらした。東京の食べものにゆきづまって、京都まで出かけるが……、と私たちもお誘いをいただいたが、私たちは仕事中でお供ができなかった。京都からは、こんな珍しいものを食べた、とメニューを送って下さった。昔、まだお元気の頃にハワイ旅行をすすめても「飛行機がいやだもの……」とおっしゃっていられた先生が、今度の関西ゆきはジェット機に乗られ、「自信がついたから、いよいよハワイへゆこうかな」とおっしゃるほど元気になられたのに……。そして、三日の告別式の前の日、つまり八月二日には久しぶりにお目にかかってごちそうになることに決まっていたというのに……。

　突然の訃報に驚いて、湯河原へ駆けつけた私たちは、先生にお別れするよりも、谷崎夫人のお顔を見るのが辛かった。夫人と恵美子さんと私はおでこをくっつけて泣いた。恵美子さんに「ママをよろしくお願いします」と言われたけど、私なんかに何ができるものではない。先生がいない谷崎ママに、誰も何もしてあげられることなんかありはしない。先生がいなくちゃ、ママは駄目なんだもの、先生はなんで細い箱の中になんか納まって、白菊のふとんなんか着てのんきな顔をしているのだろうか。

　私は以前、何かの雑誌に「谷崎先生は三越の前のライオンのようだ」と書いたことがある。今日の先生はライオンどころかまるで仔猫のようにかわいらしいお顔を白菊に埋めていられる。先生らしくない。絶対ない。先生はいつまでもライオンのようであってほしい。

ビフテキさがしの前のお電話は、仕事部屋さがしのお電話だった。疲れたら横になれるベッドと、大きな机のある、仕事部屋に使えるホテルはないか、というご相談であった。「仕事がしたくてね、どんどん頭の中に湧いてくるんです。同行、妻と秘書、間に歯医者にも通わなくちゃならないし、とても忙しいんです。へへへ」というお声は、受話器を通してビンビンひびいてくるような若さとつやにあふれていた。

手術のあと、ここ何週間という短い間だったが、長い闘病生活から解放され、子供のようにはしゃいで、おいしいものを食べて食べて、食べまくって、亡くなられたことだけが、先生を知る人たちのせめてもの慰めかも知れない。そう思ってあきらめようとしても、また、明日あたり、「おいしいビフテキはありませんかね?」と、先生の声が、いまにもきこえてきそうで、私はまた、悲しくなるのである。

女中さん太平記

戦後の日本はなにもかも大きく変化したけれど、そのひとつに人間の名称がある。

どういうわけで、それまで存在していた「山の手」と「下町」の距離が縮まったのか知らないが、いつの間にか八百屋や魚屋などの商店のおかみさんがおしなべて「奥さん」になり、髪結いやアンマは「先生」となり、床屋は「理容師」になり、女中は「おてつだいさん」になった。中でも不思議に思えるのは「おてつだいさん」という舌を嚙みそうな名称で、昔風に「下女」「下働き」とでも呼ばれれば自尊心を傷つけられるかもしれないが、昔の「お女中衆」とはお城に御奉公に上がった御殿女中のことで、そんじょそこらの女たちには得られない地位と誇りのある職業であった。その女中という名称をアッサリ捨てて、単なる「手伝う人」になり下がったのは、多分、ホームヘルパーという意味の直訳なのだろうけれど、かえって中途半端で、私のような古い人間にはなんとなく背中がムズかゆいような気がしてならない。そのくせホテルの女中が「メイド」と変わったのに日本旅館の女中は、おてつだいさんでもなければメイドでもなく、依然として「女中さん」と呼ばれるのは、どうしたわけなのだろう。そういう日本的デリケートな呼びわけかたは一般教養とやらに欠けた私にはどうしても理解が出来兼ねるが、それが時代というものだ、ときめつけられれば、「ヘエ、左様で」とうなずくよりしかたがない。が、たとえ呼びかたがどう変わろうと、「他人の家に住みこんで一日中、家事万端を助けて働く職業」であることには変わりがなく、私のように家事に専心できない主婦にとっては真実ありがたい存在だと感謝している。

もし彼女らの助けがなければ、二階家を駆けまわって、掃除、洗濯、ゴミ屋の心づけから、食事の支度、買い物と一日じゅう家事に追いまくられるばかりで雑文ひとつ書くヒマもなく、ヒステリーが嵩《こう》じて今頃は憤死しているに違いないからである。「遠くの親戚より近くの他人」とはよく言ったもので、我が家に十八年つとめてくれた女中さんはまるで生き字引きそのもので、年をとって引退？　はしたものの、いまだに若い女中さんたちにとってのアンチョコ的存在になっていて、我が家の宝のひとつである。

　私の家にはじめて「女中さん」が来たのは、私が十三歳のときだった。私はそのころ映画の少女俳優として常時、二、三本の映画のかけもちで忙しかったから、多分、私を手伝ってくれる、いわゆる「つきそい」のために彼女が採用されたのだろう。新潟の生まれで名前をミヨさんといい、ひどい近眼で、あまりに眼鏡のレンズが厚く重いために眼鏡は常時ハナのとっ先に辛うじてとどまっているのが他人ごとながら不安でならなかった。

　そのころの女中は和服に白いかっぽう着姿だったから彼女も年よりは老けて見え、十三歳の主人が連れて歩く、というよりは、私のほうが「連れて歩かれている」としか見えなかっただろう。撮影所では私を助け、家では母を助け、骨身を惜しまず尽くしてくれたミヨさんは、年頃になると郷里の親御さんから矢の催促で、見合いもせぬ男に嫁ぐために、涙と鼻水でぐちゃぐちゃになった顔をふきながら田舎へ戻っていった。

　つぎに現われたのはナオさんとハツさんの二人で、そのどちらかがやはり新潟の人だったと思う。というのはよほど新潟生まれのミヨさんが忘れられなかったのだろうか。以来、私は、女中といえばどうでもこうでも新潟の人でなければならないように思いこみ、伝《つ》手《て》をたのんだり、職安まで手をのばしたりで、我が家にはのべ十何人の新潟女性が住みこんだことになる。三つ子の魂百までとはこういうことを言うのだろう。不思議なもので、こちらが「新潟の女性は優秀だ」と信じこんでいるせいか、どの人もその言葉に毒気をぬかれた如く誠実に従順に献身的な勤めぶりをみせてくれたのは偶然なのだろうか？「このバカヤロ奴」「しっかりせい！」などと怒鳴る、さながらタコ部屋の親方の如き主人によくも営々と仕えてくれたものだと、いまだに主人としての至らぬ自分を恥ずかしく思っている。

　当時の女中奉公は、嫁入り前の行儀見習いや家事見習いのために、他人の家のメシを食ってみるのが目的だったから、たいてい勤めは三年というのが限度で、ナオさんもハツさんも順番にお嫁にゆき、私の家がだんだんと大きな家へ引っ越すたびに女中さんの数も増えていって一番多くなったのは七人だろうか、母一人子一人で、男気のまるでない家だったから女中さんたちも家族同然と信じていなければとても一緒に暮らせるものではない。

　しかし、ある夜、母が手洗いに行こうと階下へ下りたとき、人の気配を感じてギョッとなり震える手で電灯をつけたら、居間の一隅に若い女中が身を固くして立ちすくんでいたという。タンスの引き出しがあき、部屋は乱れて、母はとっさに「ドロボー」と呟いて腰をぬかした。あとから聞いた話によると、彼女は米や砂糖類まで少しずつ近所の八百屋へ運び集めてはせっせとどこかへ送っていたらしく、母や私のサイフからもチビチビと小銭をくすねていた様子である。泥棒というものは外から入るとは限らないという教訓を得たわけである。

私が結婚するまで十五年間つとめてくれた人は、いまで言えばレズっ気があったのだろうか、私の身の回りいっさいは絶対に他の人の手に触れさせず、勿論、私の部屋に出入りするのは自分だけ、もしその禁を犯す者があれば暴力をふるってリンチを加えるという、献身的を通りこしてやや異常ともいえる仕えかたであった。しかし、彼女が敵視するのは女性に限っているらしく、撮影所でもスクリプターとか結髪《けっぱつ》さんと必要以外の話でもしようものなら、すぐさま「家出」という強硬手段に訴えるのにはほとほと困った。

長いロケーションに出るときの彼女はいつもイソイソと機嫌よく、優しい笑顔と美しい声はますます冴えて肌の色まで光り輝くようであった。地方ロケの宿屋ではたいてい次の間つきの部屋が与えられるから、彼女は私と同室に寝ることを最上のしあわせと感じていたらしい。が、同じ部屋に寝起きしていながらラブレターを呉《く》れることだけには、なんと返事をしたものか、どんな顔をしたものか、と私は大いに閉口したものだった。あるロケ先でのこと、女の？　結髪さんが私に親切にしたのが気に入らぬと怒り狂い、あげくは私を置いてサッサと東京へ帰ってしまったことがある。そのときばかりは私もアタマにきて、一週間ほどの滞在中に代わりの新しい女中さんをみつけて東京へ連れて帰った。半日も経たぬうちにレズ女《じょ》は例によってスマした顔で戻ってきたが結局は私が連れ帰った女中さんをギリギリといびり始め、可哀想にその人はヒマを取ることに決まってある日、別れの挨拶をするべく私の部屋にやって来た。

ちょうど私が隣の家の奥さんと話をしていたので長い話もできず、彼女は深々と頭を下げて階段をおりていった。そのとたん私と隣の奥さんは思わず顔を見合わせた。どちらかがオナラをしたのではないかと思ったのである。二人の視線が、さっき彼女が坐っていたじゅうたんの上に釘づけになり、二人は、同時に「アアッ」と叫び声をあげた。そこにはなんとウンコが一個、いや一本というべきだろうか、コロリと横たわっていたのである。横っとびにスッとんだ奥さんがそこにあった新聞であわててコスッたからたまらない。ウンコはじゅうたんに幅広く広がって、窒息せんばかりの臭いの中で家中が大さわぎになった。いま考えても、なぜ、あそこにウンコがあったのかどうしても分からないが、まさかレズ女に恨みの仕返しとわざわざ二階までウンコを持参したわけでもないだろう。世の中には理解のできないこともあるものである。

私の結婚の相手は幸いにして「男性」だったからレズ女の嫉妬の対象にはならなかったが、食卓にのぼるお魚はいつも旦那様のより奥様のほうが大きく、奥様の洗濯ものはいつも旦那様のより早く出来、なんでもかんでも差がついて、そのたびに奥様は姑にイビられる嫁の如く戦々恐々としていたが、間もなく彼女も縁談を得て結婚し、いまはしあわせな奥さんに納まってめでたく結着がついたわけである。

結婚と同時に我が家に現われたのは四十五歳、江戸ッ子のパリパリで、火鉢をシバチと発音する小柄でいなせな女性であった。博打《ばくち》うちの女房で一時は立て膝で丁半の真似ごともし、三味線も一通りはこなすといった女《ひと》だったが、私の家に来たときはその夫との別れ話の最中であったらしい。気丈できれい好きで、物分かりが早くて、私の好きなタイプの人だった。ちょうどその頃、いまは亡い谷崎潤一郎先生の作品『台所太平記』に登場するところのヨッちゃんも我が家に勤めることになったが、彼女は谷崎家で六年間、日本料理は有名な辻留の手ほどきを受けて素人の域を脱し、習字は男もハダシなほど立派な字を書き、ミシンが上手でみるみるうちに家中のカーテンくらいは軽く仕上げてしまうという超人物であった。が、唯一の欠点はエバることで、当時はジャガイモのフライひとつ揚げられなかった江戸ッ子おばさんを頭からバカにして、二言目には「アホウ」と怒鳴り、自分の下着の洗濯までさせる始末、撮影所に行っても分を忘れたエバリかたをするのでスタッフの反感をかい、私があとから謝って歩かなければならず、どちらが主人だかわけが分からなくなってきた。あの横暴ささえなかったら、と彼女のために残念でならないが、実に「天は二物を与えず」とはこのことだろう。それにしても江戸ッ子おばさんはよくぞ耐えたものだと感服する。「向こうのほうが出来るんですからしかたがありませんよ」と笑っているが、この一言はなかなか言える言葉ではない。私はおばさんの「人間」を取り、「調法便利」を切り捨てた。このおばさんが、さきに書いた私の宝である。

女中さんの仕事というものは決してラクではない。もし女中さんの仕事が完全に出来るなら、その人は多分、他のどんなことでも出来るに違いないと私は思っている。「おてつだいさんなんて」と軽蔑する人もいるが、そういう人は他のどんなことも出来るはずのない半チク人間だと私は信じている。

アメリカでは住みこみの「メイド」は少なく、たいていは日本の家政婦のように必要なときに電話で申しこみをするが、彼女らは最

低二通は過去の勤めさきの紹介状をもち、家事の中でも、これという特技を書いた履歴書を持参でやって来る。紹介状には電話番号があるから雇い主はすぐに電話をかけて、彼女の性質や長所短所などを聞くことが出来、納得ずくで採用が決まるわけである。紹介状はあくまで彼女の信用状というわけだから、彼女が信用状を得るために払う努力はたいへんなものであり、いざ採用と決まれば、高額な報酬を払うほうは徹底的に彼女を使い、報酬を得るほうも最大の努力をする、というわけで、実にアメリカらしい割りきった方法だと感心するが、日本はまだまだそこまでビジネスライクにはゆかない。実際には掃除、洗濯の初歩から手とり足とりで教えこまねばならず、雇い主のほうが月謝をもらいたいような人のほうが多いのではないだろうか？　そのくせ条件だけは「サラリー〇〇円以上、テレビつきの個室」などと言われては、まるで厄介な養女でももらうようなものである。それならそれで家事一般の常識くらいは勉強してきて欲しい、といっても、この貧しい日本国ではしょせん無理な注文ということになるのだろうか？　彼女たちが「メイド学校」の免状を持ち、「誇りある職業」と自負できるようになったら、また「おてつだいさん」という名称も変わるかもしれない。

私は結婚後もゴチャゴチャと外を出歩く仕事が多く、家庭の仕事がロクに出来ないダメな主婦だが、ダメな主婦のところにはダメな女中さんも来るもので、なかには、自分の開けた戸を決して閉めないひとや、人の話を立ち聞きするヘキのある人や、台所で髪をとかす人など、十人十色というように実にいろいろな性質の人が来た。私が三十五年間の女中さんとのつきあいでたったひとつ分かったことは、その家の主婦が出来ないことは女中さんも出来ない、という

ことである。このごろの母親は子供のしつけが下手だ、と言われるが、母親そのものがしつけられた経験がないのだから下手も上手もあったものではない。それと同じで、主婦も自分がただ居座っていて女中さんを思うように動かせようとしてもそうはいかない。私の経験からいって、三度教えてダメな人はよほどの低能か、女中さんには向かない人で、たいていの人はこちらが誠心誠意、手を取って教え、相手が納得すればたいていはついて来てくれるものだと私は信じている。オムレツひとつ焼くのにも卵を四十も五十も無駄にしながら「ああでもない」「こうでもない」と叱咤激励する私をみて、「人を使うのもラクじゃないんですねえ」と同情してくれた女中さんもあるが、そんなとき主人と女中という距離は一瞬にして消えさり、お互いの心がヒタと親愛の情に結ばれて、そのつぎのオムレツが最高にうまく焼きあがって教える主人のほうがガックリきた、というようなこともあった。

現在、我が家の女中さんは二人。一人は我が家にはもったいないほどの善人で、私の片腕となり、一人はまたまた新潟生まれで近眼のカワイ子ちゃんである。

人間、同じ生まれて来たからにはお互いにしあわせになるに越したことはない。そして、人間のしあわせとはしょせん信用しあうことと愛情を交わしあうことしかない、そしてそれは未来永劫の真理だと私は思っている。

「戦争があろうと、大臣が変わろうと、私にはなんの関係もありません。この家の中が不自由なく平和であってほしい、この家の中さえガラス瓶の中のように雨風にさらされなければ、と、ただそれだけを願っていただけですヨ」という、私の宝である江戸ッ子おばさんのお別れの言葉が今も私の耳にはっきりと思い出される。江戸ッ子おばさんはいま歯医者と背骨の矯正と眼医者に通いながら、主人の仕事部屋の掃除を受けもち、ときどき私の顔を見にエッチラオッチラと我が家への坂を登って来る。せち辛い人生の中で、そういう人間の一人にでもめぐり合えた私は、この世での果報ものといえるのだろう。お互いに年をとり、別れ別れに死ぬとしても、あの世での再会もまた楽しみというものである。南無阿弥陀仏。

うちのお正月

世間には、正月の過ごし方ひとつにも、いろいろな意見をもっている人間がいるのだろうが、わが家ほどシマリのない正月を過ごしている家はないだろうと思う。玄関にはカギを下ろし、顔も洗わず、寝まきのままで一日じゅうマグロのごとくゴロンと寝そべって、年始にまわるでもお客をするでもなく、世の中の習慣、約束ごとのすべてを無視して、いや、ごかんべん願って、ただひたすらにダラケきって日を送る。

正月は、つね日ごろ、日曜祭日カンケイなしにだらしなく働いている私たち自由業夫婦にとっての〝まとまった休日〟というのが、長いあいだの習慣になっているのである。したがって、食事なども空腹をおぼえればムックリ起き上がってスキヤキをカッ食らったり、豚汁をすすったり、と、まるで正月らしい雰囲気も情緒もあったものではない。といっても、夫婦ともども大正生まれ、元旦には人並みに雑煮くらいはチャンといただいている。モチの苦手な私の雑煮椀の底には、郵便切手ほどのサイズのモチが二個沈んでいて、雑煮というより吸いものの類いだが、当人は、それでもじゅうぶん〝新年〟を味わっているのだから、いっこうにかまわない。ただ、一家の主婦の義務として、つねに三通りほどの雑煮の材料だけは用意して、不意の御用にそなえることにしている。

第一は、コブとカツオのだし汁で、具にはシイタケ、三つ葉、かまぼこ、ソギ柚子のあっさりとしたもの。第二は大根、ニンジンの千六本のたっぷり入った関西風白ミソ仕立てのもの。第三は鶏のガラのスープに、具は鶏肉、シイタケ、春菊などの若向き雑煮である。おせち料理も、わが家ではせいぜい数の子と黒豆ていどでお茶をにごす。おせち料理というものは、せめて正月中くらいは、主婦が台所でドタバタしなくてもすむように、また急の年始客のために用意されるものなのだろうが、いまの世の中には冷蔵庫などという便利なものもあって、買いおきがきくから、暮れのうちにウンウンいって豆を煮こんだり、ゴマメを炒ったりする必要もなくなった。しきたりのうるさい大家族の家の主婦は、おせち料理作りで疲れ果てて病気になったものだ、などという話をよく聞くが、いまの若い人には信じられないことだろう。

暮れになるとデパートでは〝おせち料理一式〟が一見おいしそうに美しくつくられて売られるが、味のほうはあまり信用できないし、私としてはデパートでおせち料理をそろえるのは、なんとなく心が入っていないようで気がすすまない。

おせち料理の種類は、黒豆、きんとん、かまぼこ、ゴマメ、結び昆布、くわいの煮つけに、数の子、煮しめなどで、いずれも口取り程度だが、とくに若い人にとっては、一度はきいても二度はきかないメニューだろう。昔ながらのしきたりにこだわらぬなら、いっそ趣向を変えて、中国風の前菜に、焼売《シュウマイ》、ザーツァイ、それに暖かい肉まんじゅうなども、実質的でしゃれていると思うが、どんなものだろうか？　洋風なら、重ね重箱に、ハム、ソーセージ、ミートパイ、そしてポテトサラダにアスパラガスくらいを詰めておけば、空腹のお客が飛び込んできても、主婦が台所へすっとんでバタバタしなくてすむ。

私が正月の食事に気をつかうのは、中身よりむしろ器のほうで、これだけはなけなしの食器類を総動員させて、なんとか正月らしい体裁をととのえるために苦心サンタンをする。たとえば、いつもと同じカン詰めのアスパラガスひとつ盛るにも、塗りものの菓子鉢に入れて懐石用の竹のハシをそえてみたり、つねには食卓にはビニールのテーブルクロスなのに、とっておきのめいめい盆を持ち出してみたり、と大わらわである。めんどうくさいことはめんどうくさいが、そこがそれ古女房の悲しさである。じつをいえば「旦那殿、また新年がきましたぜ。主人たるもの心をあらたにセッセセッセと奮励努力せよ」というデモンストレーションにほかならない。

私が正月用の食器で好きなのは、たっぷりとした雑煮椀と重ね重箱である。この二つは正月だけでなく、一年を通して使用する。冷たい感じの磁器の食器の中に朱色のお椀が入ると、食卓はほんのりと色気が加わって楽しいものになる。雑煮椀は、あるときはトロロ用に、あるときは煮物椀に、あるときはカヤクご飯の器として、一年じゅう忙しい。塗り椀は美しいうえに、手に持った感触がよいし、熱は通さないし、実に便利な食器である。椀は汁気のある料理に、フタもまた格好な取り皿になって調法このうえない。たっぷりとした雑煮椀だけはフンパツしていいものを買っておきたいものである。

食器というものは、なにしろ三度、三度使う物だから、コリ出せばキリがなく、いいものは、しぜんと高価なので困るが、だいたい食事に必要なものをと考えてみると、

どんぶり（大・中・小）
大皿（大・中・小）
塗り椀（五個）
中皿（五枚）
小皿（五枚）
飯茶碗（五個）
鍋料理用土鍋
鉄鍋

と、これだけあれば、たいていは間に合うものである。日本食と限らずとも、たとえばどんぶりにサラダを、大皿にローストビーフを、雑煮椀にはシチューやスープを、という使い方をするのも、かえってモダンでおもしろい。私は食器に行き詰まると、コーヒーカップにオードブルを入れて、ズラズラと食卓に並べたりするが、西洋のままごとをしているようで楽しいものである。

私の家の食卓は六人用で、イスは六脚だが、経験からいうと、お客をする場合は、ホストとホステス、つまり主人側二人と客人二人、つごう四人くらいが、主婦の肉体的、精神的サービスの限度ではないかと思う。それ以上の多人数だと、テンヤワンヤの大騒ぎとなり、呼んだ呼ばれたという〝落ち着いた雰囲気〟とは、ほど遠い。ただ〝ものを食う会〟になってしまう。そんなときには、私は食卓の上に大皿を並べ、サラダや冷製の肉、のりまき、煮しめなどを盛って、ビュッフェスタイルにしてセルフサービスにまかせてしまう。

日本の家庭では、家が狭いこと、食器が揃わぬこと、大勢の客あしらいに不慣れなこと（つまり、主婦に社交性がないこと）などで、つい、お客をレストランや料亭へ呼んでしまうが、外国人は家庭に呼ばれて、家族ぐるみのサービスをうけることを最高に喜ぶ。私たち夫妻はいつかニューヨークで、ジャーナリストの家庭に呼ばれたことがあるが、日本の中流どころの小さなアパートで、奥さんの手料理の、たった一品こっきりの肉料理と野菜、チーズとパンとデザートだけの、つつましいメニューだったが、食卓につくと同時に部屋の灯りが消されて、食卓のロウソクに火が点ぜられて、なんとも楽しい食事になった。この広い世界の一隅で、あなた方二人の日本人と、私たち二人のアメリカ人が、ひっそりと仲良く食事をしている。

そんな雰囲気を盛り上げるために、キャンドルディナーという演出がされたのだろう。毎日のレストラン料理にうんざりしていた私たち夫婦にとって満足このうえなしの、忘れられない一夜になっ

た。お客をする心がまえは、懐石料理の作法に詳しいが、要は、料理そのものよりも、お客に対する心遣いこそが何よりのごちそうになることで、外国も日本も変わりがないことだとつくづく思う。まして、正月だからといって、ごちそうにお金をかけたり、大金を投じて、けたたましいおとその道具を買いこんだりする必要はない。そんなことより、名前入りハシの袋を用意するとか、ハシ置き代わりに庭の南天の小枝を使う、といった心遣いのほうが、正月用の演出としては効果があるのではないだろうか！

重ね重箱も、正月用に、ヒナの節供にと便利な器だが、私は一年じゅう出しっ放しにして愛用している。夕方の時間がないときは、早めに冷たい料理や、ちらしずしや、上段には菓子まで入れて重ねておき、客人の目の前でパッパッと並べて、ビックラさせては、ひとりエツに入っている。少し気どったスキヤキをするときは、一段に肉を一段に野菜を一段に豆腐やしらたきを入れて、食卓に持ち出すこともある。食事がすんでも、また元のように重ねれば、持ち運びもかんたんで、日本のグッドデザインのナンバー・ワンだと信じている大好きな器である。

重ね重箱は、室町時代の〝食籠《じきろう》〟から転じて作られた器で、祝儀、不祝儀の配りものを入れたり、正月や三月の節供に料理を詰めて客にふるまったり、そしてまた、徳利、杯、小皿、お重と一式が揃って〝手さげ重〟になっているものは、いまでいうピクニック、花見や遊山に欠かせない道具のひとつであったに違いない。緑の木陰に赤い毛氈《もうせん》を敷き、蒔絵の手提げ重を広げる。なんと優雅な食事だろう。いま流行のバーベキューやサンドイッチの味けなさがしみじみ情けなくなる。

美術館や美術骨董店を訪ね歩いてみると、重箱にも、三重、四重、五重といろいろあって、色も形もさまざまで、蒔絵、梨地、見込みに模様のあるもの、螺鈿《らでん》細工や、金銀の象嵌《ぞうがん》など、細工師の心ばえがこちらの胸にも通ってくるほど楽しく、重箱というものが昔の食生活に、どんなに便利重宝されていたかわかる。なんのかんのとゴタクを並べたが、重箱は使ってみてこそ、そのよさがわかる。デパートの食器売場のプラスティック製では少々寂しいが、ないよりはいいし、あまり値のはらない春慶塗のお重も清潔で軽くて使いやすい。思いつくまま、断片的に私の正月料理を書き散らしたが、こんどはちょっと気どって、私風の懐石料理のメニューをつくってみたいと思う。あくまで素人の、それもケチの精神たくましい一主婦のメニューであることを初めからお断わりしておく。

まず、お年寄りのお客さまを迎えるなら、

向付　ふろふき大根
汁　すっぽん汁　さらしネギ
椀盛　うずらのたたき団子　凍り豆腐　生ゆば　焚きあわせ
御菜　真魚鰹《まながつお》　てり焼き
箸洗　梅肉仕立　梅花一輪
八寸　栗ふくませ　からすみ　半じゅく卵

この中で値の張る材料は、すっぽんとからすみである。しかし、その味のまろやかさと栄養の高いことで、ぜひお年寄りへのサービスとして加えたい。梅肉は、どこの家の台所の片すみにでもある〝梅干し〟の実で間に合う。

そして、食欲旺盛な若い人には、

向付　スモークサーモン　レモン
汁　さらし鯨　ニンジン　長ネギ　莢《さや》隠元　椎茸　千切り
椀盛　八つ頭　海老団子　春菊
御菜　鯛あら　山椒焼き
箸洗　蓮の実　針生姜
八寸　雛鶏たつた揚　おくら　銀杏　から揚

と、モダンでボリュームのある料理で終始したい。このなかで、値のはる材料はスモークサーモンだが、日本の質の悪いものより、外国製の良質のカン詰めのほうがよい場合もある。茶懐石となると、半分は器や道具を楽しむものなので素人にはなかなかとっつきにくいが、これも〝りっぱな、揃いの器でなければ〟という観念を捨てて、もっと自由な食器の選び方を考えてもいいのではないかと思う。八寸に使う杉生地にしても、到来物の羊羹の箱の蓋を洗いあげて、半紙を敷いても間に合うし、皿、小鉢も寄せ集めでいけないということはない。杯もグイのみ、猪口、塗りものとバラエティーに富んでいるほうが、かえって楽しい。料理は、懐石に限ったことではないが、熱い料理はあくまでアツアツに、冷たい料理はあくまで冷たくという、ごくかんたんな常識さえもっていれば、それがおいしさに通じる〝心の入った〟ごちそうになる。いい年をした男性が、いつまでも〝おふくろの味〟に郷愁を感じるのも、子供のころ味わった料理に母親の愛情が加味されていたからだろう。煮ればよい、炒めりゃよい、揚げりゃいいんでしょといった、ふてくされた調子の料理にはまるで心が感じられないものである。

私は、八百屋や魚屋の店先にがんばって真剣な眼つきで材料を選んでいる主婦を見ると「この女の料理は、おいしいだろうな」と思う。料理する心には、ウーマンリブもハチの頭もないようである。

もうひとつのハワイ

紺碧の空、広い海、やしの葉を渡る微風、こんなに美しく、こんなに居心地のよい所はハワイのほかにはないだろうと私は思う。道端に花を見ぬ季節はなく、一年じゅう、風は花の香を運んでくる。そして豊富な果物とやさしい人情、ハワイはまさに地上の楽園としか言いようがない。

事実、ハワイは楽園であった。

一七七八年、イギリス人の探検家キャプテン・クックが初めてハワイを発見した時、ハワイは土着のハワイアンによって一つの国を作っていた。今から二百年の昔である。カメハメハ王は、ハワイ、マウイ、カフラエ、ラナイ、モロカイ、オアフ、カワイ、ニイハウ、の群島を征服し、統一したが、王制は五世カメハメハで終わり、一八九八年にアメリカと合併した。そのころのハワイこそ、真実のパラダイスだったにちがいない。海には魚が群れ、人々はほとんど働くこともなく、やしの葉陰で自然の贈り物を受けて平和に生きていた。ハワイアンたちは、すべてのもの、すべての場所に「神」があると信じて、風にも神の姿を見て祈った。ほのかなエロティシズムを持つ甘美なフラダンスも、神への感謝から生まれた聖なる踊りであったのが、民俗の踊りになったのだという。

　ハワイが観光地として急速に発展しはじめたのは、第二次世界大戦後のことである。そして、ハワイが世界的な観光地として成功したのは、もちろん温和な気候と美しい風土にもよるが、それ以上に大きな魅力になったのは、ハワイの人々の心が真からやさしく誰にでも親切だから、と私は思う。観光地で働く人間はたいてい観光地ずれがしていて、ことに日本国の観光地ときては、受入れ側はとかく〝やらずぶったくり〟の精神ばかり旺盛で、観光客のほうも「旅の恥はかき捨て」とばかりにキバをむき、一種の殺伐ささえ感じて興をそがれるのが当然のようなありさまだが、ハワイには全くそうした抵抗が感じられず、観光地につきまとう俗悪さなどもなく、カラリと明るく健康で、ガラス張りの快さに満ちている。

　ハワイの人々のいう〝アロハ・スピリット〟とは〝みかえりを望まぬ奉仕の心〟であると聞く。言うはやすいがこれはなかなかできることではない。が、事実、私にしても何度かのハワイ旅行でただの一度も不愉快な思いをしたことがなく、そればかりか、ますますハワイが好きになる一方なのは〝やさしい心〟に飢えている証拠かもしれない。日系米人の人たちが私たち日本人を見る目は特にやさしく、問わず語りに日本の山河をなつかしむ言葉は泉のようにあとを絶たない。彼らの老後の楽しみは、夏休みを利用して日本旅行を計画する青葉観光と、春の日本をたずねる桜花観光団に参加することだという。

いくとせの隠忍今ぞ桜船
五十年故郷の夢桜船
今浦島の青葉観光旅立つ日

　彼らの日本に対する愛情が、ひたひたと胸に迫ってくるようである。しかし、それだけで彼らの悩みが解消されるというわけではない。現実には、彼らの故郷とあこがれる日本や、日本語や、日本の習慣は徐々に徐々に彼らから遠い存在になりつつあるからである。なぜなら、日系米人の三世のほとんどは日本語も話せず、日本に対しての興味も薄く、四世ともなれば生まれついてのアメリカ人そのものだから、二世、三世、四世、が一家族である場合など、なんとも複雑てんでばらばらの生活になるという。それだからこそ、日系老人はいっそう日本に固執し、日本恋しの念にかられるのかもしれない。どこの国にも人間がいて、その人間の心の中には喜びとともに何かしらの苦しみが同居しているのは当然とはいえ、この夢のようなハワイにも、私たちには想像もつかないような悩みや悲しみが、花の香といっしょに風に乗って漂っているのだろうか。

　ハワイには、二つの種類の日本人墓地がある。一つはハワイ全島のどこにも見られる日系移民の墓であり、もう一つは観光コースにも入っている有名なポンチボールの墓地である。ハワイには日系人の二世、三世、四世が、約二十万人住んでいる。これはハワイの人口六十万の三分の一にあたる。

　明治十八年二月、ホノルル港に着いた第一回官約移民は九百四十三名で、そのうち、子どもが百八名といわれている。それ以前にも「元年もの」と呼ばれる人たちがハワイへ移住しているから、ハワイ日系人の歴史は百年を越えるといってもいいだろう。当時移民のほとんどの人たちは、砂糖きびの栽培と甘藷の栽培に従事した。炎天下、一日十時間働いて、月に二十ドルに満たぬ給料、ルナと呼ばれる看視人のむちに追われ、豚小屋と呼ばれた掘っ建て小屋に寝起きして、奴隷のような生活を送った。ハワイで発行された『ハワイ歳時記』の中には当時の心境をよんだ句がたくさんある。

苦汁の日忍従の日のキビ穂波
どこまでも日本人なり菊の花
死に場所と定めしハワイ冬ぬくし

この三つの句には、遠く故郷を離れて苦難の道を歩むかなしい心情があふれている。

官約移民の契約は三年で、三年間の使役が終わると、日本へ帰るか、更に米大陸へ移住するか、または再契約をしてハワイに定住するか、と三つの道があったけれど、三年間働いても一円の貯金すらできず、むなしく郷里を夢みて異国の地に果てた人々も多かった。それらの名もない人々の貧しい墓地は、一様に西の海に向かって立ち、はるかな日本を望みながら眠っている。しかし、第一回の官約移民から七十余年を過ぎた今日では、日本人墓地も、墓地らしく整然として、わざわざ日本から取り寄せたりっぱな黒みかげの墓石がハワイの太陽の下で輝いている。日系人の、ハワイにおける地位や社会的な信用もでき、ホノルルには二つの日本語放送と二つの日本字新聞も発行されている。異国にいて日本語放送や日本字新聞があるところはハワイのほかにはないだろう。単に日系人の数が多いからといってできることではなく、こうなるまでには日系人の一世、二世の血と涙が、百年の歴史の中にどれほど注ぎ込まれていることだろう。

もう一つの墓地、ポンチボールは、第二次世界大戦で戦死した将兵の眠る墓地である。祖父や祖母の国に銃を向けることを拒んだアメリカ国籍の二世部隊は、イタリアのシシリー島へ上陸して、鉄かぶとでご飯をたいて食べながら最前線を守り、そのすばらしい武勲は戦後の排日感情や人種差別を取り除く大きないしずえとなったが、一方、子は銃をとって参戦し、親は敵国人としてキャンプに収容されるという悲劇が至る所に生まれたという。移民当時の苦難以来の〝試練の時〟というには、あまりにも複雑でかなしいこの受難にも、日系人はただじっと〝耐える〟こと以外には方法がなかった。

ハワイ出身の将兵で戦死した兵は八百六人。そのうち五百六人が日系米人である二世であったことをみても、二世部隊の戦いの激しさ、すさまじさがよくわかる。

ハワイは、どこへ行っても夢のように美しく、そこに働く日系人の笑顔も一見平和そのもののように穏やかではあるけれど、彼らのほとんどの胸の中には、悲しい戦争の記憶がひっそりと秘められているのである。

羽田を飛び立ったジェット機は、冬なら六時間、夏なら七時間ほどで、オアフ島のホノルル空港へ着陸する。飛行場に降り立ったとたんに私たちを迎えてくれるのは、輝く太陽とさわやかな微風である。税関検査は観光地だけにどこの国よりも簡単である。空港の外には、華やかなムームー姿の女性やアロハシャツの人たちがプルメリアや蘭の花のレイを手に知人を出迎えている。ホテルCMのフラ

娘に、首にレイを掛けられ、両ほおにキスをされ、冷たいパイナップルジュースのサービスをされると、ああ、ハワイへ着いたという実感がある。タクシーは空港からワイキキまで約五ドル（千八百円）、タクシーは日本と違って少々高く、街を流してはいないから、タクシー乗り場で待つか、タクシー会社に電話をかけて呼ぶよりしかたがない。タクシーの運転手はたいてい二世が多く、広島なまりや熊本なまりの入った日本語でやさしく私たちを迎えてくれる。チップはメーターの一五パーセントほど。ポーターが荷物を運んでくれたら一個二十五セントほどが普通である。

ハワイがいちばん美しい季節は三月から五月の間である。花の好きな人ならば、街路樹になっている白やピンクのプルメリアに目をみはり、国花になっているハイビスカスに声をあげ、ゴールデンシャワー、アンセリウム、フェニックス、幾種類もの蘭の花などに、うれしい悲鳴をあげるだろう。ハワイの夏は相当に暑いが、日本のように湿気がないから、木陰に入ればいつも涼しい風が流れていて心地よい。夏はアメリカ本土から夏休みを利用して若者たちが押し寄せ、ハワイはいっそう華やかになり、冬は金持ちの老人たちがハワイへ避寒にやってくるから、ハワイにはシーズンオフがない。ホテルはピンからキリまで無数にあるが、水泳やヨットに興味のある人はやはりワイキキビーチに近いホテルを選ぶほうが楽しいだろう。波乗り用のサーフボードは一時間三ドルほどで借りることができる。砂浜はほとんど人工砂浜で、夜の間に砂をふるいにかけているから、日本の海岸のようにあきかんやガラスの破片などでけがをすることもなく、安心してどこへでも寝そべることができる。

せっかくハワイくんだりまで来たのだから、と、早朝から観光バスでセカセカと島巡りなどというのはヤボのこっちょう、まず気楽なビーチウェアに着替えてのんびりと砂浜に寝そべってみることである。流れる雲をながめ、広々とした海をながめ、やしの葉を渡る風の音を聞き、小鳥の声に耳を傾ける。そして、たとえカナヅチでも、はだしになって波打ちぎわを歩いてみてこそ、初めてハワイの美しさが納得できるだろう。少しずつ、自分自身が大きな自然にとけ込んでゆくのを感じ、心がやさしくふくらんでくるのを感じる。まるで秒読みのような日本で駆けずり回っていた自分が、他人のように遠く見えてくる。こうしてハワイの雰囲気に慣れたら、素足にゴムぞうりをつっかけて、気の向くままの散歩もまた楽しい。カラカウアアベニューは、ハワイのメーンストリートである。整然とした町並みはあくまで清潔、美しく飾られたウィンドーも楽しく、お土産店には「日本語でどうぞ」という看板も出ている。ラハラの葉で編んだハンドバッグ、ブルメリアやピカケの香水、木の実のアクセサリー、モンキー・ポッドの置き物、人形、そしてマカドミアナッツ入りのチョコレートは日本へのお土産として喜ばれるだろう。

しかしお土産以上に興味があるのは街をそぞろ歩いている、まるで世界の人種見本市のような人間たちである。ここには世界じゅうの人々が楽しさを求めて集まってくる。そのスタイルも実に自由奔放で、ムームーあり、アロハあり、ショーツあり、はだしあり、ヒッピーあり、で、ベンチに腰をおろして、行き交う人々をながめるのも結構楽しく時間のたつのを忘れるほどである。あくまで明るい太陽の下では、アッと驚くような原色ほど美しく見え、人々は普通では着られないような思い切ったスタイルを楽しんでいる。あっちのほうから何やらマックロケのきたならしい連中がゾロゾロやってきたゾ、と思うと、日本人の団体であったりして、スマートでないことおびただしい。

ハワイでおいしいものは、なんといってもアイスクリームと果物である。アイスクリームは、マカドミアナッツ入り、バニラ、モカ、チョコレート、オレンジ、グァバ、シャーベットと種類が豊富。果物はパイナップル、マンゴー、バナナ、ライチー、メロン、さくらんぼ、オレンジと数え上げればキリがないが、パイナップルは夏がシーズンで、冬のパイナップルは全くいただけない味である。豚のまる焼きや、タロ芋を手づかみで食べる、ハワイの宴会料理〝ルアウ〟も、一度はためしてみるのもおもしろい。

アメリカは食べ物がまずいとの評判だが、それはいいレストランへ行かないからで、けっしてそんなことはない。ハワイにも最近はしゃれた高級レストランがたくさんできた。イタリア、フランス、メキシコ、中国、日本料理と何でもそろっていて、食いしん坊を喜ばせてくれる。ことにローストビーフは日本では絶対にお目にかかれないほどに材料も味もよく、私はハワイでローストビーフを食べるのが一つの楽しみになっているくらいである。予約のめんどうと、値段の高さ、これは上等レストランにはつきもので仕方がないが、アメリカの料理はまずい、という評判の名誉挽回のために、ホノルルにある、レストランを一度たずねてほしいと思う。

こうした豪華な食事の前のひとときを過ごすには、ハリクラニ・ホテルの庭で夕焼けを見ながらフラダンスショーを見るのもオツである。日本で聞くと少々甘すぎるハワイアン音楽も、ハワイではそこはかとない哀愁をたたえて美しい。

ハワイの一日は「アロハ」で始まり「アロハ」で終わる。アロハは、英語のハロー、日本の「どうも」に当たる言葉だろうか、おはようも、初めましても、サヨナラも、すべて「アロハ」でこと足りるようである。アロハはハワイアンの言葉だが、今では純粋のハワイアンはめったに見ることができないほど数は少ない。男性は、ホテル専用のビーチの看視人、女性は生花のレイをつなぐ仕事などを与えられて、こまごまと生活をしている。彼らの言葉や習慣、そして彼らの平和もまたいつの間にか人手に渡ってしまい、彼らから徐徐に遠くなってゆくのを、いったい彼らはどのように考えているのだろうか。

ハワイ報知新聞に、次のような記事が載っているのを私は見た。

明治十四年三月。ハワイ王朝第七代、カラカウア王が東京湾に入港した。日本政府は観艦式を行なって歓迎し、三月五日、カラカウア王と明治天皇は赤坂離宮で会見した。

その時、カラカウア王は明治天皇に、次のような要請を伝えたと言われている。

「わがハワイは土地が小さく、年々人口も減ってゆきます。自分には不幸にも王位を継ぐ子どもがいません。できることなら、私のめいのカイウラニ姫の婿に、小松宮をいただきたいと思います。そして、日本とハワイの親善を深めてゆきたい」と。

小松宮とは、後の東伏見宮依仁親王であり、当時、海軍兵学校の生徒であった。しかし、この話は成立しなかった。日本の皇族は外国の皇族と婚姻を結んだ例がない、というのがその理由であったと伝えられる。

明治十六年、カラカウア王は、イオラニ宮殿で即位の大典をあげ、カメハメハ大王の除幕式を行なった。この年がカラカウア王の全盛期であった。後、南洋征服に失敗し、やがて健康を害してサンフランシスコで没した。

内親王、リリオカラニは、カイウラニ女王と小松宮との結婚を夢みながら内政を続けたが、明治二十六年、米艦ボストン号から上陸した陸戦隊と戦って屈した。カメハメハ第一世の建国以来、百余年の間、王朝を続けたハワイ王朝は、ここにくずれ、明治三十一年、ハワイは米国に合併された。

小松宮とのロマンスをうわさされたカイウラニ女王は、合併の翌年、熱病でこの世を去り、王家は絶えた。二十四歳であった。

なんだか、遠いおとぎ話のような記事である。カメハメハ大王は、政庁前の広場に金色の銅像となって残り、ワイキキには〝カイウラニ・アベニュー〟という通りや〝プリンセス・カイウラニ〟というホテルがある。

もしも、小松宮とカイウラニ女王の婚約が成立していたら、ハワイは日本と合併していたかもしれない。もし、そうなっていたら、すべての歴史もまたガラリと変わっていただろうし、ハワイはいったいどうなっていただろうか。

ワイキキビーチに広がる、ゆるやかに丸みを持った水平線や、スコールのあとで巨大な半円を描く美しい虹をながめながら、ハワイのたどった運命を思うとき、それからそれへと興味は尽きない。

いずれにしても、ハワイを楽しむ世界じゅうの観光客の一人一人が、美しい自然の中で素直な心を取り戻し、〝アロハ・スピリット〟を心のお土産として持ち帰ったなら、世界は地上の楽園とまではゆかなくても今よりはマシな住みよい世界になるかもしれない。

香港只是一個算盤

漢字ばかりでビッシリと埋まった新聞というものは、なぜかすごい迫力がある。読めなくても字づらを追っていると多少の意味がわかるから、私は香港へ行くたびに新聞をのぞくことも一つのたのしみになってきた。しかし、いつだったか、新聞記者のインタビューに応じたとき、「ちょいとカニを食べにやってきましたの、オホホ」とキザなことを言ったら、翌日の新聞にデカデカと「日本国、爆発的、肉弾的、大女優、香港にカニ食いにきたる」と出ていたのはビックリした。

なんというおおげさな文字の羅列であろうか。これではまるでキングコングのような大女が山のごときカニを片っぱしからバリバリと食いまくっているイメージが浮かぶではないか。私はいささかガックリとなって新聞をほうり出そうとしたときに、「香港只是一個算盤」という文章が目に入った。私の貧しき憶測によれば、「香港には世界じゅうの品物があふれ、商売さえ無事息災であればこと足れりと考えている香港の人々に、もっと、教育、文化、芸術方面に心を通わせることを望みたい。でなければ香港は単なる一個のそろばんになってしまう」というような意味にとれた。その論旨の深い意味など、もちろん私には理解できなかったが、「香港はただ一個のそろばん」という文字がひどくユーモラスに見えた。観光客にとって、香港はまさに巨大な一個のそろばんだからである。香港商人と旅行者と、どちらのそろばんが食うか食われるか、といった激しい空気が、香港の街にたしかに充満しているのを、誰もが直感するにちがいない。ことに、初めて香港を訪ねた旅行者が、その一歩を踏み出した瞬間に――。

さて、羽田空港からわずか四時間余、ジェット機は九竜・景徳空

港に着陸する。語尾を長くのばす広東語に迎えられ、ベンツのタクシーに乗り込むと初めて、香港へ来た、という実感がわく。香港到着早々に、「買い物天国・ノータックスの香港」のPRにつられて、さいふを握ってアタフタと駆け出したりするのは最低で、それすなわち香港側のそろばんを喜ばせるばかりで、早くも当方一点の負け、ということになる。たかぶる購買心をグッと押えて、必要以上に沈着冷静に行動を起こすことこそ、グッドショッピングのコツである。

香港の商店街は、九竜サイドでは「ネイザン・ロード」、香港サイドでは「デ・ヴォー・ロード」を中心にして八方に広がっている。あふれるほどの品物にふくらみ、ひしめいた店舗の数は、何百何千軒あるか正確にはわからないが、常にその中の何軒かが毎日のようにつぶれたり、新店になったりする激しさは日本と同様である。道を歩けば「オクサン、ワニガワ、ハンドバッグ、アルヨ」「イラッシャイ、ドウゾドウゾ」などと、あいそうのよい日本語が飛んでくる。十年ほど前に、初めて香港を訪ねたときには一言の日本語すら通じなかったものだが、今では香港のホテルやレストラン、ちょっとした商店の店員はほとんど日本語を話す。ということは、日本人観光客が香港にとっていかにそろばんに合うか、ということなのだろう。私は一年に一、二回、香港のうまい中国料理にひかれて香港参りをするが、そのたびに中国人の急速な日本語の発達に驚くとともに、香港商人のバイタリティのすさまじさを感じて恐ろしくさえなる。それにしても、日本人旅行者の、香港における傍若無人ぶりは目に余るものがある。たとえば、ホテルのフロントで「おい！　ネエチャン、鍵だ、カギ！」と大声でどなる日本人に対する中国女性の「ハイ、チョト、マテクダサイ」とあいそうのよい返

事とはうらはらに、その目に浮かぶ侮蔑の光は日増しに強くなるばかりである。これがもしニューヨークだったら、そしてロンドンだったら、彼らはやはり同じ態度でどなるだろうか？　この、ごく普通の常識すら持たない、程度の悪い日本男児のおなかの底には、もしかしたら「なんだ、チャンコロ」という意識がいまだにこびりついているのではないか？　そういう意識があるかぎり、中国人はけっして心から日本人を受け入れることはないだろう。

　話が横道にそれたが、香港の人々が競って日本語を習うのは、「日本語が話せることによって、サラリーのよい職場を得られること」であって、「日本人に好意を寄せる」こととは全く関係ないのである。モンブランの万年筆や、ワニ皮のベルトを何ダースも買い込むお客は、そろばんには合っても〝尊敬すべき客〟ではなく、かえって〝物の買い方も知らぬ野蛮人〟としか思われていないのである。商店に入れば、間髪を入れずしてコカコーラが現われ、たばこのサービスがある。ということは、「よきカモござんなれ」というあいさつにほかならないのに、いい気分になって胴巻きからゴッソリと日本円を取り出していばり散らして札びらを切っている日本人は、お人よしもいいところで、こっけいである。しかし、香港商人とてまた人間である。「目には目を、歯には歯を」のたとえの通り、こちらの出方一つで、限りなく柔らかい心を見せて、よき朋（ポン）友にもなれるのである。香港で時計を一個買うのと、中国人の友達を一人得ることと、どちらがいいか？　ときかれたら、私はためらわずに後者を取るだろう。

　時計といえば、「せっかく、香港へ来たからには、時計か宝石の一つくらいは」というのは人情というものである。香港の街には実に時計屋と宝石店がたくさんある。ちょっと宝石店のウィンドーをのぞけば、甘ぐりほどのキャッツアイや、焼売くらいのヒスイがズラズラと並び、ダイヤ、エメラルド、スターサファイア、など、何百万円、何千万円という宝石がゴロゴロしているのだから、女であれば、なんとなくドッキリ、ワクワクするのが当然である。

　香港、宝石、とくれば「みどりしたたるヒスイの玉」と、誰もが思う。そういう日本人の気持ちを百も承知の宝石商人は、日本人と見ればヒスイをすすめる。しかし、中には色を美しく見せるために薄いヒスイを二枚はり合わせた細工物や、裏に鏡をはったインチキものもあるから、用心、用心、ご用心である。日本語をあやつる美人の中国人などがニッコリ笑って「ヒスイ、キレイネ、タクサン、マケル」などと言ったら、こちらもタクサン用心することである。

　東洋的スマイルの演技は日本人より中国人のほうがはるかに高度である。香港には宝石店が多いといってもそれは「宝石がやたらと安い」ということにはつながらない。二、三万円の宝石なら日本で買うのと大差なく、百万、二百万、となるとグンと割安になるものの、なにしろ外貨の枠というものがあり、よほどズルイことでもしないかぎり、私たち旅行者には甘ぐり大のヒスイなんて買えるわけがない。香港には、上等品から安物、にせ物を商う店も含めて〝宝石店〟と名のる店が千軒以上もある。これを訪ね歩いて「あわよくば掘出し物を！」と思っても外国人である私たちには無理な話、無駄な労力や時間を費やすよりも、信用のおけるワンプライス（値引きなし）の店に直行して予算を決めて買うほうがりこうである。時計にしても、ピアジェ、オメガ、ローレックス、ラドー、インター

ナショナル、パティック、セイコー、と、とにかく世界じゅうの時計が目白押しに並んでいる。が、たとえば、オメガにしても、オリジナルのもの、ベルトがイタリア製のもの、香港製のもの、といろいろあり、したがって値段もまちまちだから、小さな店で買うときは納得がいくまで確かめることが肝心。半値ほどにまける品物は、どこかが怪しいとみて買わぬほうが無難である。

香港にはまたデパートも多い。その中の一流中の一流といえば「レーンクロフォード」で、ここにはバリーの靴、ディオールのハンドバッグ、イタリアの洋服、イギリスの銀器、チェコのガラス、などの高級品がある。ダイヤなどは、目の前でロンドンに電話を入れて今日の相場を確かめてくれるという行き届いたサービスぶりである。香港サイドと九竜サイド、二店あるが、香港サイドのほうが本店で品数も多い。何を買うという目的のないウィンドーショッピングなら、スター・フェリー(九竜、香港間を結ぶフェリーボートの船着き場)の側の、オーシャン・ターミナル・アーケードを歩けば、たいていの品物はそろっている。中国民芸品なら「中芸」がいちばんで、この店も香港、九竜、と二店ある。中国の刺繍製品、布地、七宝製品、ぞうげ細工、家具、アクセサリーなどが美しく並んでいるが、店の正面には〝毛沢東〟のドでかい写真がデン! と飾られ、店内のふんいきは、他の店とはちょっと違う。「どう違うか?」ときかれても困るが、たとえば、この店にカメラを持ち込むことはできないし、コカコーラやたばこは出てこないし、もちろんワンプライスだし、「さっさと買って静かにお帰り願う」といった表情がある。まあ、信用はあるがあいそうはないというところか、漢方薬などもいちばん安価にしてまがい物なんか絶対なし、というのもお国柄だろう。

近ごろは、日本でも漢方薬がちょっとしたブームだが、香港サイドの「余仁生」という漢方薬専門店へ行ってみると、中国人にとって漢方薬がいかに愛用されているかがよくわかる。ここも「中芸」とは別の意味で特色がある。まるで、いり豆がはじけるような騒音の町中に、この店だけが別世界のごとく静まりかえり、昼でも暗い店内には物音一つしない。店の構えは、古色蒼然としながらも清潔無比、売り物はいずれも枯れ果てて色もないうえに、売り子のじいさんたちまでがなにやら仙人じみたご面相、という、博物館のごとき当店が商う品物は、数千年の昔から中国に伝承されている「漢方薬」の数々。ガラスのケースをのぞくと、ノシイカのごとくぺったんこになったガマのくしざしなどがあってギックリする。このガマをせんじてふやかして(ウワ、ヤダ!)飲めば、女の血の道に効果テキメンとか。白くひからびたタツノオトシゴはたんを切り、高価な鹿の角の薄切りは湯せんして用いれば、増血、呼吸困難たちどころに全快するという。その他蒼茶（おけらの根茎）、地竜（みみず）、黒互（あさがおの種）など。チビた鉛筆ほどの朝鮮にんじんがＵＳ・百ドル（三万円）もするにはオドロイタ。こんな値段で驚いているのは序の口で、医師の処方箋を持っていって合わせてもらう漢方薬には際限なく高価な薬があるとのこと。ああ、不老長寿は高いものである。

漢方薬のにおいなどかいで、胃のあたりがスッキリとしたところで〝点心〟などつまみながらお茶でも飲みたいかたには、文句なく〝飲茶〟をおすすめしたい。〝飲茶〟は、読んで字のごとく、「茶を飲む」ということだが、中国人はたいてい昼食にこの飲茶を愛用している。まず、テーブルにつくと、どびんに入ったジャスミンティーが運ばれる。売り子は駅弁屋のように小皿をたくさん並べた箱を肩から下げ、または手押し車にシュウマイやギョウザのせいろを積んで、テーブルの間を縫って歩く。お客はその中から好きな料理をテーブルに取り、お茶を飲みながら料理を楽しむ。勘定は皿数で計算されるという寸法であり、一人前三百円ほどですむから、ご用とお急ぎの旅行者にとってこんな便利な昼食はない。ただし「茶楼」は昼食に限られ、夜はガラリと様子が変わってナイトクラブになる。

お昼時、何百人という人間が一堂に集まって、騒然と食事をする風景は実に壮観で、中国人のモーレツな食欲ぶり躍如としている。

お昼は〝飲茶〟で簡単にすませても、夜はゆっくりと時間をかけてごちそうをいただかなくてはせっかく香港へ来たかいがない。香港はもともと広東の一部だから、広東料理の店が多く、その他、北京、上海、福建、四川、湖南、といろいろな料理店がその味を競っている。広東料理でいちばんの美味は〝当紅方皮猪〟（子豚の丸焼き）で、生後二か月、三キロの子豚に油を塗りながら何時間もかけて焼き上げ、その表皮だけを食べる。パリパリに焦げた皮が口に入ったトタンに、舌の上で溶ける味、その芳香、アア、実にぜいたくで高価な料理だが食いしん坊にはまさに〝生きがい〟を感じさせるうまさである。

広東料理は、中国料理の中でも上品な薄味で、日本でいうなら関西料理というところか。そのくせ材料は豊富で、広東料理で食べないものは、生物ではお父さんとお母さん、四つ足では机といす、空飛ぶものでは飛行機だけ、ということわざもあるように、たぬき、犬、蛇、かえる、すずめ、はと、豚の足から魚の肺や浮き袋まで、なんでもかんでも料理して食べてしまう。秋から冬は、蛇のシーズンである。

蛇を食べるというと、たいていの人はゲッとした顔をするが、蛇がニョロリと形のままテーブルに出てくるわけではなく、一種のスープになっているから、前もって「蛇ダゾ」と言われなければ絶対にわからない。ただ、薬味として、菊の花ビラとレモンの葉の刻んだものが必ず出るから、この二つを見たら、蛇のお出まし、と思えばまちがいない。

よく、家庭では「中国料理を作るなら、せいぜい蒸し物くらいで、いため物は不可能だ」ということを聞くが、中国レストランの台所をのぞいてみると、全くそのとおりだということがわかる。火力がてんで違うのである。ズラリと並んだ、直径一メートルほどもあるかまどの底にはれんがが敷かれ、どろで固めたへっついの外側は鉄ばりで、下からポンプで重油を送りゴウゴウと音を立てて吹き上げるものすごい火力は、調理場というよりも工場に近い。そのかまどの上に、これも直径一メートルほどのなべをヒョイと乗せ、大きなしゃもじに油をくんでぶちこみ、下ごしらえの終わった材料をパッ！とあけてチョイチョイとかき回して、一品のいため物ができるまで、まさに電光石火、ものの三十秒とはかけぬのがうまい料理に仕上げるコツとか。家庭のフライパンの中でグチャグチャと材料をかき回しているのとは、ワケが違うのである。料理で時間のかかるのは〝ふかのひれの煮込み〟で、十時間余とか。上等の広東料理にはしょうゆを使わず、スープストックを作るので、これがまた、鳥を十数羽に野菜やら骨やらを仕込んで何十時間も煮つめるのだとか、うまい料理を作るためには、やはりなみなみならぬ努力がいるようである。よきコックであるためには〝逆水行舟〟という言葉、つまり〝常に水の流れに逆らって舟をこぐような心構え〟を忘れてはならないそうである。

　あるとき、私が「サヴォイ」のチーフコックにインタビューをしている最中に、タンタラーンと音楽が鳴って、フロアショーが始まった。ショーが終わって店内が明るくなり、テーブルに運ばれてきた〝魚の蒸し物〟を見たトタンに、コック長の顔色が変わった。「魚を蒸しすぎている」と言うのである。「あんなくだらないショーなんかあったばっかりに、肝心の魚が蒸しすぎになって、だいなしになったのだ、この魚は高い魚なのに、味が落ちてはお客さまに申しわけがない」と、目をむいて怒りだしたので、出した箸が宙に迷って私は困り果てたが、しかし「どこの国にも職人かたぎというものはまだ残っているものだ」と、大いにコック長に好感をもった。

　買い物や中国料理は、確かに香港の魅力には違いないが、狭い土地に極度に密集した人間たちが、その人間臭さをプンプンさせながら生活をしている風景もまた、香港の大きな魅力の一つだと私は思う。香港には品物も豊富だが、世界じゅうの人間が集まっていることでも類がない。まるで、人間の見本市を見るようである。ショッピングや食事の合い間に道ばたのベンチに腰をおろし、ぼんやりと行きかう各国の人間をながめるのも、旅行プランの一つとしてむだではない。フェリーボートで香港サイドへ渡るもよし、難民アパートや国境を見物にゆくのもよいが、とにかく、香港を知りたければ車に乗らずに、足の向くまま、気の向くままに、自分の足で歩いてみることである。観光バスに乗ったり、大通りだけ歩いていたのでは香港はわからない。高級商店の並ぶメーンストリートから、一歩、横町へ入ったとたんに、世界がガラリと変わって、そこにほんとうの中国の生活が息づいている。狭い路地の両側にビッシリと並んだ露店や食べ物の屋台、一膳飯屋、新鮮な野菜や果物、魚肉を扱う市場、窓から旗のようにたれ下がる洗濯物、道ばたで貧しい食事をしている老婆や子ども。まるで迷路から迷路に続くように曲がりくねった細い道。大通りだけを歩いていては味わえぬ、ハッとするような〝香港のもう一つの顔〟がここにはある。それは〝東洋の真珠〟と呼ばれる香港のイメージとはほど遠い、香港の人たちの〝生活の場〟である。

　豊かさと貧しさがゴチャゴチャになり、人間と金が入り乱れて、グルグルとうずを巻いているような香港、そして、そこから立ちのぼる異様な熱気とすさまじさ、香港とは、不思議な魅力を持った国である。

中国への遠足

これは七年前の紀行文である。

中国映画の代表的俳優である、趙丹《チョウタン》さん、秦怡《シンイ》さん、長瑞芳《チョウズイホウ》さん、の招待を受けて、私たち夫婦が中国旅行に発ったのは、昭和四十年、菊香る季節の頃でした。

「中国」この二字は、私たち日本人にとって実に多くの思い出や想像やあこがれに満ちた国です。人によってその観念も違い、関心の度合いは異なっても、日本の文化のほとんどの輸出元である中国に、全く無関心な日本人はいないだろうと思います。私が中国という国を生まれてはじめて意識したのは、子供のころ、から傘を背中にしょった支那兵の画を絵本で見たことと、寄席に出ていたイヤに愛想のいい手品師をみたことでした。どちらも子供の眼にはただ珍しく、こっけいな姿としてうつり、自分が日本人であるという優越感を感じたことをほのかに覚えています。

子供のころの印象はおそろしいもので、その後、日華事変が起こったときも、誰に教わりもしないのに「支那になんか負けるはずがあるもんか」と思いこんでいたものでした。そのころの大人の世界のそういう風潮が、子供にも自然に及んだということなのでしょう。物心ついてから、中国という国に自分自身の心でふれたという気がしたのは、中国が解放を宣言した時でした。お話にならないほどの貧困な中国知識しか持っていなかった私が、この時から、われながら意外に思うほどに中国に関心を持ちはじめたのは、一体どういうことなのか自分でもわかりません。長い長い間、かずかずの国に侵略されつづけて、しいたげられ、苦しみ、まるで大きなハレ物が破裂するような勢いで立ちあがった中国。遠い田舎の親戚が空腹に耐えかねて百姓一揆でも起こしたような身近さでそのニュースは私に迫ってきました。みじめな敗戦を味わった日本人としても、ある種の感動で肌を刺されるような心持でした。

中国に関心をもちはじめたとはいうものの、さて真の中国を知るにはどうしたらいいのか、学のない私には全くわかりません。中国に関する文章を読んだり、話をきいたりするのが唯一の手がかりですが、いきなり中華人民共和国云々といったむずかしい文章などを読んだところで、堅い字が胸につかえて消化不良を起こすくらいが関の山です。わかりたいけど、わからない。わからないけど、わかりたい。自分だけツンボ桟敷に置かれているような気がして腹がたち、むずかしい文章を書く人までサカ恨みしたくなりました。焦っても仕方がないから、急がば廻れの精神で本屋へ行き、『十八史略物語』を買いこんできて、ウンウン言いながらも、とにかく読みました。「中共っていうのは、昔の中国かァ？」などと言って夫を啞然とさせていた私が、とつぜん中国史にしがみついたので、夫はヘンな顔をして私を眺めていました。そうして、むずかしい漢字がまだ眼の中にチラついている矢先に、急に中国旅行に発つことになったのでした。「すべての先入観を捨てて、白紙の状態で行くのがいちばんいいですよ」という中島健蔵先生のお言葉をこれ幸いとおしいただき、なんとなく中ブラリンな気持ちをエイと捨て去って、私は遠足にゆく子供のような気持ちで出かけることに決心しました。

さて、旅行は一か月の予定なので、まずコースを決めなければなりません。あそこへもここへもあちらもこちらもと欲張って、地図に丸をつけてたら、中国人のお友達に「これだけ廻るんじゃ半年はかかります」と笑われたのには、まずギャフンとなりました。そこで最終的には、北京、上海、蘇州、広州、にしぼり、この四か所をゆっくり見物することにしました。前おきが長くなりましたが、さて出発です。

ごちゃごちゃと入りくんだ香港の駅から、汽車で約一時間、窓外の風景はみるみるうちに雄大さを増してきて、いよいよ人口七億を擁する、ぼう大な中国大陸に入るのだという実感が湧いてきます。未知の国へ入るときの期待の気持と、それにともなう得体の知れないかすかな不安は、どの外国を訪れる場合にも味わう感情ですが、今度もまた例外ではありません。ガタゴトという汽車の動揺に身をまかせながら二人でなんとなく黙りこくって目玉をギョロつかせているうちに、汽車は早くも国境の深圳《シンセン》へ着きました。だいたい、国境という存在はあまり気分のいいものではありません。ここで乗りかえなければならないので仕方なく汽車から降り、パスポートのチェックを受けて、小さな橋を歩いて渡ると、もう中華人民共和国です。その橋をはさんで、イギリスの旗と中国の旗が青い空にはためいているのが印象的でした。橋を渡ったらどうしたらいいのか。どうしたらいいのか、ということを人に聞くのにはどうしたらいいのか。中国語は謝々（アリガトウ）と再見（サヨナラ）しか知らない私は、橋の途中で途方に暮れて、思わず来た方を振りかえりましたが、もはや万事休すです。

中国側に足をふみ入れたとたん、「松山さーん、高峰さーん」と叫ぶ女の人の声がしました。なんと、東京で一度おめにかかったことのある趙丹さんが、通訳の女の人と一緒に、大きな花束を、花がバラバラになるほど振りまわしながら、飛びあがって「オイデ、オイデ」をしていました。ギャーッとかワーッとか、とにかくわけの分らない声を張りあげて二人の側に走り寄った私たちは、つぎの瞬間、趙丹さんの力強い太い腕にしっかりと抱かれていました。折角の茉莉《マリ》花《ホウ》の花束がすっかりしおれて、趙丹さんの鼻の頭に大粒の汗が光っていたのは、最前からずっとここに立って私たちの着くのを待っていてくれたのでしょう。

「よく来ましたね、待っていました」

「お出迎え、ありがとう」

「私はここで三日も待っていました」

「三日も？　そりゃまたどうして？」

「そういうニュースが入ったのです」

「なぜだろう」

「でも、お仕事の方は……」

「私は今、撮影の途中です」

「アラ」

「私は演出と主演をしているけれど、友、遠方より来たると知って、スタッフを福建のロケ先に放っぽり出して飛んできました」

「それではお気の毒です。困ります」

「どうして？　当りまえのことです」

　ガヤガヤガヤガヤ――通訳の王女史は、鉄砲玉のように飛び出してくる言葉の通訳で大わらわになりました。趙丹さんは、ちょうど日本の森繁さんのような俳優さんで、演出も俳優もなさり、そして、全国人民代表大会代表という他に四つの理事やら主席やらの肩書きを持つ方です。

　今晩は広州へ泊まり、明日は飛行機で北京に発つ準備がしてあるとのことで、広州ゆきの汽車を待つ間に駅の食堂で昼食をとることになり、中国入りはじめての中国料理をごちそうになりました。相当な食いしん坊らしい趙丹さんの中国料理の話が楽しくはじまります。

　中国料理はだいたい、上海料理、北京料理、四川料理、広東料理、揚州料理、と五つに大別されること。上海料理は濃厚で、四川料理は辛くて、ことに広東人の食いしん坊は有名で、蛇や猫を食べるのも広東の人だけ、ということでした。駅の食堂とはいうものの、青豆とエビの炒めもの、青菜の油煮、とりとピーナッツの炒めもの、四川風の辛い煮もの、と皿かずは実に豊富です。満腹した私が、「では、このお料理は何料理ですか？」と質問すると、趙丹さんは口をへの字に曲げて、首をかしげて考えこんでいます。「おわかりにならないなら私が名前をつけましょう。これは国境料理ですよ」と言うと、「こりゃ、負けた」と大声で笑い出しました。四人で歯をムキ出して笑っていると、もう四人とも気分がすっかりほぐれてきて十年の知己のような気持になり、そのうえ映画人特有の如才なさが手つだって、あだ名の披露になりました。「私のあだ名は阿丹《アータン》です。これからは私を阿丹と呼びすてにして下さい」と趙丹さんが言うので、私たちは甘えて今後は趙丹さんを「アータン」と呼ばせてもらうことを約束しました。

　北京の秋は、世界中で最も美しいと言われています。その澄みきった北京の青空の下で、私たちの中国旅行の第一日目がはじまりました。アータン、王女史、そして、新しく加わった映画評論家であり、映画学校の教授である程《ティ》さんと、私たち、同行五人です。程さんは見るからに堂々とした体軀と、なんとなくゲンシュクな表情を持った物しずかな紳士です。

「私たちは二人とも午前中には弱くて、立っていても眠っていると同じですから、すべての行動は正十二時から開始して下さるようお願いしたいのです」と、私たちが宣言をしたので皆はびっくり仰天。アータンはさっそく、程さんとおでこを突きあわせて、いかにすれば、この短時日で有効な旅行ができるであろうか、とスケジュール表をひねくりまわして大さわぎです。たいていの日本人のお客さんは早起きの勤勉家で、午前中に三か所も四か所も見学をするそうで、午前中は役に立たないお客さんなど迎えたことはないのでしょう。しかし、眠っている人間を案内するのはむこうも無駄だと思ったらしく、とにかく、そういうことになって、今後は毎日正十二時に食堂で全員おちあうこと、という同盟が成立しました。

　朝食兼用の食事をすますころ、中国電影工作者協会の張さんという人が食堂の前を、ウロウロと行ったり来たりしはじめます。これは「車の準備はできています。出発用意完了、何時でもよろしい」

という合図です。この張さんという人は、日本でいえば何にあたる役目なのか、正に神出鬼没といった風に、いつ、どこにでもチラリチラリと姿を現わします。

　張さんの先導でホテルの玄関を出た私たちは、二台の自動車に分乗して見物に出かけます。型通りにキャメラなどぶら下げて——。

・北海公園

楊と柳のあざやかなみどりと、土塀の朱色が美しい。広々とした池のほとりに、赤い三角布を首に巻いた百人ほどのピオニールが、行儀よく先生の説明に耳をかたむけていたのが可愛かった。

・万里の長城

この日は例外で十時出発。映画人ばかり十人あまりで、お弁当持ちで長城へ行く。まあ、なんというバカバカしく、でかいものを昔の人は作ったのだろう。

ああ、その長さ、その堅牢さ、そしてその遠さ、（北京から）「何度お客さんを案内してきたか」と、皆は指を折って比べっこをしている。お客はともかく、案内する方は大変だろう。秦の始皇帝も罪な人である。

・天壇

松山も私も、ここがいちばん気に入った。

尊敬する梅原龍三郎先生が若き日、ここに画架をたてて写生をされたのか、とはるかに先生をしのぶ。アータンもここが好きだそうで、はしゃいで壁のこだまで電話遊びをする。私は「モシモシ」と言い、アータンは「ワイワイ」と答える。

・古宮博物館

あまりの絢爛豪華さにびっくりし、あまりの広さにがっかりす

る。アータンはついに落伍し、ベンチにひっくりかえってのびてしまった。

ずいぶん素気のない感想ばかりで、相すみませんが、どんなに立派な建物も、どんなに美しい風景も、ほんとうのところ私たち夫婦にはあまり興味がないのです。言うなればそれらは絵ハガキでも間に合うことなので、私たちの好きなのは生きている人間なのです。そして現代の生きている街なのです。

北京の街はキレイでした。美しいだけでなく、どこもかしこも清潔そのものです。そして、静かです。人民広場をはじめ、道幅はとてつもなく広く整然としていて、道のむこう側を歩いている人が蟻のように小さく見えるほどです。人々の服装は、男は人民服、女はズボンにトッパーで、化粧のあともなく、髪は三つ編みのお下げか断髪で、健康そのものといった感じです。

衣類は一体に質素、というより粗末に近いくらいですが、よく洗濯されていて、不潔な感じはありません。昔は乞食と浮浪者が充満していたのだ、と聞いても、とても信じられないほど清潔でした。人民のマーケット、東安市場には品物は豊富ですが、ぜいたく品は全くありません。生活必需品は安価で、それにも増して安いのは食べもののようでした。といってもまんじゅう、どんどん焼きのたぐいで、上等な料理となると、これもぜいたく品の部に入るのか大変に高く、私たちが、お世話になったお友だちを十人ほどよんで食事をした時のお勘定が三百円（日本金四万五千円）ほどでした。一般の月給が、日本金で約七千円平均。毛沢東主席の月給が約四百円（日本金六万円）だそうですから、こういうお料理は一般の人にはまだまだ縁遠いものなのでしょう。それにしても、毛主席は「官吏が高給をとるのはいけないことだ」と頑としてこれ以上の月給をとらないという話は、ちょいと日本国のエライ人たちにお聞かせしたいもの。

一口に衣、食、住、というけれど、現在の中国事情では、まず七億の人間にまんべんなく食をあたえることが先決問題で、それも自給自足、自力更生、をモットーとしているのですからなかなか大変なことなのでしょう。そのつぎの問題が住、そして衣という順序になるので、今は七億が一心同体となって第一段階ととり組んでいるのが実状というところなのでしょう。健気という言葉がいちばんピッタリとくるのが現在の中国をみた私の印象でした。

話は横道にそれましたが、もうちょっと街を散歩しましょう。なにしろアータンが一緒なので街ゆく人はアータン、アータンと大さわぎで、ちょっと立ち止まると黒山のような人だかりです。街には似顔画かき屋や写真屋がたくさんあるのですが、そこには必ずアータンの大きな顔がほほ笑んでいて本物のアータンはちょっとテレ臭そうにそれに向かって眼をムイてみせます。街には映画館がたくさんあります。

「人々の娯楽は映画につきます。でも、中国ではフィルムができないので、少量の輸入フィルムでまかなっているため、年間三十本ほどの映画しか作ることができません。けれど年々観客の数は増えるばかりなのです。なぜなら、解放前まではそんな余裕もなく映画を見たことのない農民たちが、やっと生活が安定して映画を見に来られるようになったからなのです。七億もの人口がこの広い土地に散在しているのですから、一本の映画が中国じゅうをまわるのに、何年間もかかるのです。観客の要求を満足させられないのが残念ですが、今は足りない分は外国映画を輸入して間に合わせている状態なのです。何年かさきにはたくさんのよりよい映画を作るつもりで、今から努力をしているわけですが、あなたがたのご意見はいかがですか？　どうぞ私たちのために助言を下さい」

この話を、私はなんとも言えない複雑な気持で聞いていました。映画は斜陽だの不景気だのと、右往左往している日本の映画界でピリピリしながら生きている私たちには、全く嘘のようなお話です。私がもう一つ羨ましく思ったのは、中国映画はエロもグロもなく実に健全な映画ばかりであることと主役の俳優がほとんど長い演技経験をもつ大人ばかりであるということでした。

中国映画は国策映画ばかりで、赤旗とデモばかり出てくると聞きましたが、そりゃ中にはそういう映画もあります。が意図は同じでも芸術的に優れた映画もたくさんあるのです。もちろん、中国映画は私の生まれる前からあったのですから当りまえといえば当りまえかもしれませんが、現在、七億右へならえ、の中国で、輸入ものの乏しいフィルムで、これだけ優れた映画を作るのは並たいていのことではありません。中国映画は国営ですから、例えばシナリオ一本、俳優一人、決めるにもたくさんの会議を経て、それで解決がつかない場合には中央まで行くそうですから、一本の映画にもそれだけの人の知恵と心がこもっているわけで、良きにつけ、悪しきにつけ、大きく言えば国の方針や考え方がそのまま画になって観客の前に現われる、ということでしょう。

　私たちは中国滞在中に、十五本ばかりの劇映画を見ました。アータン主演の『聶耳《ニーアール》』、『林則徐』をはじめ『祝福』(魯迅)『風暴』(金山)など、日本の皆さんにもおみせしたいと思うような傑作がたくさんあります。これらの映画にイデオロギーがないとは言いませんが、昔の歴史、辛かった昔、苦しんだ祖先の真の姿を、今の若い人たちの胸にしっかと記憶しておいて欲しい、という中国の姿勢は決して悪いことではないと思います。私は、これまで中国の映画を見たこともなく、見る機会もないままに、正直に言うと中国映画を少々バカにしていたのです。けれど、何本かの中国映画を見ているうちに、私の心は後悔と恥で一ぱいになりました。それどころか、私はたくさんのものを中国映画から学んだのです。

　映画人という人種は、現金で、よい映画に弱い、というのが世界に共通する定義です。どんなに親切でも、どんなに世渡りがうまくても、金持でも、その人がよい仕事をしなければ、映画人として私は認めませんし、尊敬もしません。そこが映画界のきびしさでもあり、私の好きなところでもあるのです。りっぱな中国映画を見て、それを作った中国人の優秀さを実感して認めたということは、しごく当りまえのことだと私は思います。

　まだ、もう一つ、日本にないもので私たちが羨ましく思ったのは、映画学校のことでした。この学校は解放後できたそうで、演出部は四年間、キャメラと照明は同一人でこれも四年間、俳優は三年間で卒業です。入学三年目には四人の演出者と四人のキャメラマンが一本の映画を作り(俳優はやはり学生で、たまには先輩も出演します)卒業の時には一人の演出者と一人のキャメラマンで一本撮ることができます。私が羨ましく思ったのは、いかに国営だから可能であっても、乏しいフィルムを、こうした将来のための実験映画に

さく、という日本では全く考えられない事実でした。日本映画の場合は、なんでもかんでもその場まかせのおっつけ仕事がほとんどで、例えば俳優にしても、全くの素人がいきなりキャメラの前に出てくるので、彼らの手とり足とりで、周りはくたくたに疲れ果て、彼ら自身にしても演技のなんであるか、などと考える余裕もへったくれもありゃしません。ただ夢中の一言に尽きるというのが本音でしょう。

映画なんていうものは「夢中」になればできるという代物ではありません。

「天に極楽、地に蘇杭」と言われるほど、蘇州は中国人のあこがれの土地です。川あり、名園あり、人情よし、蘇州劇よし、で、なるほどよいところでした。蘇州に遊んで、杭州で死ぬのが中国人の理想だそうですが、蘇州で遊ぶのはわかるとしても、なぜ杭州で死にたいのか、と程さんに聞くと、「杭州には棺桶にするいい楠があるから」という答えにギョッとなりました。

中国人は、昔から土葬なので、立派な棺を買うことが万人の願望であったそうです。二十歳くらいになると、自分の棺を買い求め、一年に一度ずつウルシを塗り重ね、死ぬころにはちょうど丈夫で長持ちする棺桶に仕上がっているというのは、こっけいなような、気味の悪いような話です。が、当時者にしてみれば、棺を買えないのは一生の恥で、貧しい農民などはそのために子供を売ったり、一生棺代の借金で苦しんだり、という悲惨な昔話がたくさんあるそうです。食べるものもロクに食べず、一生働きつづけた農民が、せめて死ぬときくらいは、自分の気に入った棺に手足をのばして眠りたい、という、なんだか東洋の詩でも読むような話で、私はちょっとしみじみとなりました。もちろん現在はそんな習慣は廃止したそうです。

詩といえば、中国は文字の国だけあって、実に含蓄に富んだ名句がたくさんあります。印象に残ったのは「出汚泥間不染」（蓮の花は泥より出でて尚清し）。これは中国人の最も愛好する句で、画家の斉白石も好んでこのモチーフを画いています。「酒逢知己千杯少。話不投機半句多」（好きな人と飲むときは千杯でも少ない。嫌いな奴と話をするのは半言でも多すぎる）。これはアータンのおとくいで、こう言っては私たちの杯にお酒をついでしまって、私たちを酔っぱらいにさせてしまう進め上手です。私の好きだったのは「三人行必有我師」（三人寄れば必ず師あり）、という名句で、この東洋味あふれる謙虚さを私も学びたいと胸のノートにしっかり記しました。

相変らず、私たちの散歩はつづきます。

中国には横文字が一つも見当たりません。横文字の書いてあるのは、ホテルにそなえつけてある外国人用の案内書くらいなもので、解放前までは氾濫していたはずの横文字が、一体どこにどうして消え去ったのか、不思議なほど、自国語に統一されているのです。これも、七億に、まず正しい自国語と文字を、という心がまえが断固として頑張っている感じです。こうした、よそ見をさせぬ頑固さには時どき抵抗もおぼえますが、それなら我が日本国はと振りかえってみると、それがどうも心もとないことで、戦後の言葉の混乱が十五年経た現在でも、納まるどころかますますひどいこんがらがりようで収拾がつきません。ことに若い人たちの言葉にはカタカナ外国語が半分くらい交じり、文章を書いても当て字や誤字でめちゃめちゃで、一体学校で何を教わってきたのかと首をかしげたくなります。

　中国には、教育がありすぎる感じですが、日本には、教育がなさすぎます。

　上海は、さすがに昔の大都会の面影を残している大きな街でした。ここでは人々の服装にもわずかながらに色彩もあり、中国へ来てからはじめてパーマネントをかけている女性を、二、三人見ました。上海にはアータンの家があります。個人の家庭訪問ははじめてなので、大喜びでおよばれにゆきました。昔の英国租界の大きな西洋館の二階全部がアータンの住いで、女優さんであり脚本家であるきれいな奥さんと七人の子供さんに囲まれて、アータンは目尻を下げて幸福そうな表情でした。

　今日のごちそうはカニだそうで、カニは菊の花を見ながら食べるものなんだそうで、奥さんは自転車に乗って二日間菊を集めに上海じゅうを走りまわったそうです。そう言われれば、そこにもここにも、階段の途中にまで美しい菊の鉢が置かれています。ことに虞美人という菊は珍品だそうで、私はみどり色の菊をはじめて見ました。菊の香りとアータン夫妻のあたたかい心に包まれて、カニはいっそうおいしく、お酒もいっそう身にしみて、誠に楽しい日中友好の夜でした。

　通訳の王女史も、私たちの会話が通訳の必要もないほど打ちとけてきたので、私に北京語を教えた方が早いと思ったのか、一生懸命に私の発音をなおしてくれます。まったく、王さんの通訳は天才的で、私たちは時に王さんの存在を忘れていることさえあるほどでした。また彼女は大の日本ビイキで、中国料理を食べている最中にとつぜん「お茶づけでフクジンヅケが食べたい」などと言って私をおどろかせます。

　私たち五人は、毎日、夜のふけるのも忘れてとめどもなく日本の話、中国の話を語り合い、語りつかれてがっくりしては、「おやすみなさい」の代りに「早く国交が回復すればねえ」と言いながら、それぞれの寝床へひき下がってゆくのでした。

　中国旅行中、私たちは施設や工場見学は最小限度にとどめて、もっぱら、中国のお友だちと話し合う機会を持ちました。それもアータンの心づかいから、多勢の宴会はさけて、ごく少人数の人たちと何度も会ってゆっくり話ができたのは、ほんとうにしあわせだった、はるばる日本から来たかいがあったと思いました。人間同士の相互理解や心のふれ合いこそ、なににも勝る外交の第一歩だと私は考えるのです。少なくとも私たちは、中国でアータンと程さんと王さんという三人の友を得ました。お互いに知らなかった中国や日本の事情を、ほんの少しかもしれないけれど話し合い、理解しようとつとめました。

　アータンたちと別れの時、むこうもこっちも同時にクシャミが出る前のような顔になり、かくしようのない涙がマブタに押しあがってきました。アータンは私たちの汽車を追ってホームの端まで走り、私は窓から「アータン、あぶないヨ、あぶないヨ」と叫びました。むこうは中国語で何か叫び、こっちも日本語で何か叫び、お互いに何を言ったのかはわかりませんでしたが、心はそのとき一つになっていたのです。人間世界にわずかに残された、その心にふれただけで、私は十分満足でした。

　私たちの旅行日程は、だんだん進んで、残りの日はわずかになりました。杭州から、振り出しの広州までの二晩三日の汽車の旅は、四人入りのコンパートに二人きりという、正に大名旅行の気分で、終日、地平線を眺めて暮らしました。

　中国にはハエもいないし、道にタンを吐く人もいない、とは日本で聞いていましたが、ハエは全くいないわけではありません。ただ、ハエが一匹とんでいると、十人くらいの人間がハエ叩きで追いまわし、間髪をいれずに血祭りにあげてしまうということです。タンを吐く人が全くいないわけでもありません。これも、誰かがタンを吐いたとたんに、誰かがどこかからやってきてきれいに掃除をしてしまうだけなのです。その根気と不言実行は中国ならではの人海戦術とでも言ったところでしょうか。しかし、つべこべ理屈を並べる前にこの実行精神あってこそ、七億の人口を抱え持つ大中国の統一ができるのでしょう。

　枝葉にのみ気をうばわれて、かんじんの背骨がグラついているような私たちの生活と、枝葉もない丸はだかでも、しっかりとした足で大地を踏みしめている彼らの生活と、どちらがどうということは私にはわかりませんが、とにかく今度の中国旅行で私が感じたことは、中国には中国という国がまちがいなく存在しているということでした。これは当りまえのことで何の不思議もないことかもしれません。しかし、逆に言えば、その当りまえのことが珍しく感じられるほど、私の目がいつの間にかトンチンカンになっていたのだとも言えます。なにしろ、カタカナ外国語にうき身をやつし、ラーメンとカレーライスとスパゲティを食べ、アメリカの西部劇を見て、街を歩けば、間違いだらけの横文字の中で暮らしている、一体どこの国かわからないような日本国から、いきなり民族主義のかたまりのような国へ行ったのですから、眠っていた愛国心が爆発しても無理のないことでしょう。

　中国は、国内旅行をするだけで、三年はかかるといわれています。私の旅行はたった一か月、言うなれば氷山の一角をのぞいてきたにすぎません。筆の走るままに中国のよいところばかり書いているうちに終わりましたが、中国にも現在、悩みがないわけではありません。将来にはもっといろいろな問題もおきてくることでしょう。中国には、「毛主席万歳」「人民公社万歳」「自力更生」という字がいたるところに見られます。それらの字がいつか誰かの手によって消されないとは誰が保証できるでしょう。この字が、真の中国人自身の手できれいに拭きとられ、一人一人の心の中にその字が生きるときこそ、ほんとうの中国の姿が私たちの前に現われることでしょう。

パスポート考

世界平和の課題を背負った国境の姿を私は実感で知った。国境の線が美しい存在となるのはいつの日だろう。

霞ガ関の外務省からパスポートが下りると、いよいよ出発である。旅行支度万端をととのえて、予定の日時に羽田国際空港へ行く。荷物の重量を計られ、飛行機の切符のチェックをすまし、広い階段をおりると、まずイミグレーションのチェックを受ける。

ここでパスポートにポン！　と出国許可のスタンプをおされて、乗客待合室への長い廊下を歩いているうちに、なんとなく妙な緊張感や不安がおんぶお化けのように我が身にとっついて、一種特別な精神状態におちいる。

はじめて海外旅行をする気の弱い日本人は、ここでカッと頭にきたが最後、旅行が終わって再び日本の土を踏むまでその精神状態が続くものらしい。さっきまで待合室でウロキョロしていた人物が、飛行機にのったとたんに、むやみといばり散らして大声をあげるのを見たことがある。日本人特有の劣等感が、ここに「国境」というものを無意識に感じると同時に、いろいろに形を変えて現われるのもこれが最初である。

私が「外国」というものを意識したのは、子供の頃の小学校の地理の時間である。世界地図の手本を横に、クネクネとした線を写し、色鉛筆で色分けをする勉強のときなど「何故日本はこんなに小さいのだろう。他の国はみんなもっと大きいのに」と思いながら、小さい点の寄せ集めのような日本をていねいに見ながら赤く染めたものだった。

その私が、自分の皮膚ではじめて外国を感じたのは、それから十余年の後、大東亜戦争の終戦の時だった。ボロボロに疲れ果てた日本に、アメリカの兵隊がぞくぞくと上陸してきて、オモチャのようなジープというものに乗って走りまわっていた。それが、私が見た最初の本物の外国人であった。当時は、今の東京宝塚劇場が進駐軍に接収され、戦死したアメリカの写真家の名前をとって、「アーニー・パイル劇場」となっていたが、私は舞台着もないままに、母の紫色の雨コートをイブニング・ドレスに仕立ててステージに立ち、にわか仕込みの下手な歌を歌った。おとなしい日本人の観客とは対照的に、歌が一曲終わるごとに、アメリカ兵は総立ちになって口笛をならし、拍手をするのにまずおどろいた。

そして、そのアメリカ人の住むニューヨークの土地を訪ねたのは、昭和二十三年の暮、私が単身パリへ旅行したその戻り道のことだった。

パリのオルリイ飛行場からニューヨークの空港に着いた私は「パスポートの事故」という理由で、いきなり真新しいフォードに乗せられ、あれよあれよという間に、自由の女神の足もとに浮かぶエレスアイランドという移民局収容所へおくられたのである。

当時、ヨーロッパからアメリカへ入国する旅行者は、パスポートの期限二ヵ月前に入国すべし、という規則があったのである。「あなたのパスポートは、二日の差で規則に合わない。しかし、これはパリの移民局の見落しであるからあなたに責任はない。東京へパスポートの期限延長依頼の電報を打つから返事の来るまでエレスアイランドで待つように」と、説明され、納得はいったものの、さてどんなところへ連れてゆかれるのか、全く不安であった。広い部屋へ通された。そこにあった長椅子に腰を下ろすと同時に、その部屋は音もなくスウと動き出して回りは水になった。船だったのである。そして五分も経たぬ間に金網に囲まれた小さな島、エレスアイランドに着いた。

二階は女性用の個室で、私はその一室へ案内された。ベッドには真白いシーツ、バス・ルームには新しいタオルと石鹸、ドアには鍵もついていて、ちょっとしたホテルなみの部屋だった。顔を洗って下へ下りてみると、ドイツ人、フランス人、イタリー人、スペイン人、と各国人種がいる。みんな、いたってのんきな顔つきで喋ったり遊んだりしている。たがいに国籍を異にしているこの人たちも全部私のようなケースでここにいるのだろうか。

食事の鐘が鳴ると、みんなはゾロゾロと食堂へ出かける。山と積まれたアルミの盆に、ナイフとフォークとコップをのせて、料理の乗っている大テーブルの前へゆくと、五、六人の白服のコックが、好みをききながら盆にとり分けてくれるのである。

しかし、私が驚いたのは、私たちの食事が終わって、また長い廊下をサロンに戻る途中、入れ違いに入ってきたその人たちを見たときであった。

それは何十人、何百人ともしれない貧しい中国人の群れだった。赤子を背に、両手に幼子を連れた母、よれよれのズボン、素足に破れ靴、みだれた髪、少女から老婆までの全員が女性であった。密航者でもあるのか、疲れて飢えた様子だった。私たちとは別の棟にいるらしく、それからも見かけるのはいつも食堂のすれ違いだけであった。私はいまだに彼女らがどんな理由でエレスアイランドにいたのかわからない。

しかし、いずれにしても私をふくめて彼女らをエレスアイランドにとどめておくものは、国境以外の何物でもないのだとその時私は思った。

サロンでは、一日のうちに何人かがマイクで呼び出され、顔みしりになった人たちと握手をしては島からはなれて行った。

三日目に私も呼び出されて、星条旗の部屋へゆくと、「東京には一日ちがいでそのポストはなくなっていました。ワシントンに日本の在外事務所が開きましたから、これから行ってパスポートの再発行をしてもらいなさい。そしてニューヨークの移民局へ来るように」と言われた。私はまた広い船に乗ってニューヨークへゆき、汽車でワシントンまで行って新しいパスポートをもらい、またあたふたとニューヨークへ戻って来て移民局へ駆けこんだ。係官はパスポートにポン！　とスタンプを押して「これでOK、もうエレスアイランドへ戻る必要はありません、せいぜいニューヨークを楽しんで下さい」とニッコリして握手を求めた。

このスタンプ一つが無ければ、私は勿論、どんな旅行者もアメリカの土を踏むことが出来ないのである。国境とはそういうものなのだ。東京では、私が監獄へ入った、と噂が立ったらしいが、私は珍しい経験ができて、かえってよかったと思っている。

パスポートというものは日本人にはピンとこないものの一つだが、その中には当人の写真とサイン、パスポートナンバー、そして入国する国々の名前が前もって書きこまれている。このパスポートだけが、何国の何の何兵衛という唯一の身分証明書なのだから、これを紛失すると、つまりは名なしのゴンベエとなって旅行者は動きがとれなくなる。

羽田でカッと頭へ来っ放しの旅行者の事故は、パスポート紛失が一ばん多いらしく、在外大使館では旅行シーズン中この始末で大わらわだそうである。

日本人旅行者の中には早とちりの人がいて、在外大使館なるものは、旅行者のためにこそ存在すると思い込み、いろいろな雑用まで持ちこむ人がいるらしい。たとえばサギにかかったあと始末から、日本食サービスの要求まで。

日本食といえば、ある大使館の夕食によばれた時、そこのコックさんが、東京の有名な日本料理店の板前さんだったのに私が驚いて「大使は日本食しか上がらないのですか？」ときくと、「日本から見えるエライ人達のために……」という返事に、二度びっくりした。

四面海に囲まれた私たち日本人は、国境の恐ろしさも、その悲惨さも身にしみては知らない。幸せなことにはちがいないのだが、無知でいるには、あまりに世界は小さくなった。

かつての私たち（夫・松山善三と）の旅行は、三か月間に、フランスのパリ、西ドイツのボン、東西のベルリン、オランダのアムステルダム、スウェーデンのストックホルム、オーストリアのウィーン、ハンガリーのブダペスト、デンマークのコペンハーゲン、イギリスのロンドン、イタリアのローマ、シシリー、と、せいぜい三、四日の滞在で走りまわり、出たり入ったりの連続だったので、パスポートにはポンポコとスタンプが押され、だんだん真っ黒になっていった。それだけに国境という線もまた、その都度認識せざるを得なかったわけである。

そして「国境とは一体なんだろう」と、ふだん考えたこともなかった一本の線について、旅行中まわらぬ頭で考えつづけていた。

例えばベルリンである。私たちは西ベルリンのホテルから、新聞記者の自動車に便乗して東ベルリンへ入って行った。ダンダラに染められた第一のフミキリを越える、第二のフミキリの側には小さな小屋があって、車をおりて中へ入り、そこでパスポートのチェック、所持金の申告、西ベルリンにおける住所と滞在日数の申告、キャメラの登録、そして入出許可の紙きれをもらう。第三のフミキリは自動車の検閲である。ボンネットのあたりを平手でバンバンと叩くのは、中に異物が入っていないか、という意味らしい。うしろのトランクを開ける。運転台の物入れも開ける。車の中にあった西の新聞は没収された。第四のフミキリには四、五台のオートバイが待機していた。武装したドイツ兵たちがいったりきたりしている。国境警備隊と警察が、これらの看視の役に当たっているのだそうである。

私たちは、やれやれといった気持で東ベルリンの街中に入って行った。広い車道の両側に、十五階ほどのりっぱなビルが頭を揃えて並んでいる。ちょうど党大会の最中だったので、細長い赤旗がおびただしくその窓から下がっていた。ところどころに穴があいたように、爆撃されたままの土地がそのままに残っている。いずれはここにもりっぱなビルが建つのだろう。街には車も少なく、タクシーも走っていない。

人通りもほとんどなく、ショウウインドウには品物も少なく、電気がうす暗いので、なんだか灰色の夢の街をさまよっているような気がした。ヒットラーがそこで死んだという防空壕がこんもりと雪をかぶっているのが印象的だった。デパートの一階にあるカフェテリアへ入るとセルフ・サービス式のものだった。

西のマルクを東のマルクにかえて、私はコーヒーを、松山はスープをとった。皿のふれ合う音やスプーンが床に落ちる音がはっきりと聞こえるほどに店内は静かである。私はあまり上等とはいえないコーヒーをすすりながら周りを見廻した。三、四十人の人たちが口数も少なくサンドイッチをかじり、スープをのんでいる。服装は地味で質素である。そして人々は日本人の私たちを珍しそうにながめていた。話しかけたそうにスープ皿を身体と一緒にずらして側へ寄ってきた人もあった。私も話がしたかったが、ドイツ語が出来ない、煙草をすすめたかったが、それもひかえて、私は心を残して外に出た。

一時間足らずで、私たちはまた四つのフミキリを越えて、例の紙きれを渡して西へ戻った。

西ベルリンの商店街は明るく、美しい衣裳やぜいたくな日用品がどの店にも並んでいる。道ゆく人々は血色もよく、声高にしゃべり、車の洪水の中を走るように行く。どうしてこうも違うのだろう。国境という線が、陰と陽のように一つの国を二つに仕切っている。

ベルリンのかべ。それは二メートルに満たないもので、場所によってレンガであったり、コンクリートであったり、鉄条網であったりした。かべの側には十メートルほどの間隔をおいて武装兵士が看視している。かべの近くへ人が寄ることは許されない。西に近い家の窓はレンガですっかりふさがれている。

そして、何よりおそろしかったのは、東から西へ河を渡ってくる人々は例外なく看視兵に射殺される、ということだった。この寒い冬の夜中に水音を忍ばせながら必死に泳いで渡ってくるドイツ人を、同じドイツ人の兵隊が射殺する。これは一体なんだろう。新聞一枚を没収してみて、それが一体何になるというのだろう。ヨーロッパでは、パスポートのスタンプ一つがその人間の生死をあずかっている。

私はドイツで二人の若い学生と会ったとき、「国境をどう考えます？」ときいてみた。

「もう、感覚的にはヨーロッパに国境はないと思います。現実的にはあと五十年かかるか、百年かかるかは知りませんが。僕の希望は世界を自由に旅行することです。そしてドイツ語の他に、もう一か国語をマスターしたいと思います」と、彼は答えた。

私は国境に横たわるあのダンダラの棒をみるたびに、戦中派のせいかすぐに、「戦争」という二字が大きな不安となって胸にこみあげる。他の国と地つづきの土地に住む人たちはどんな感情をもって生活しているのだろう、と他人ごとではなく心配になる。そんな私の気持を笑うように、彼の顔は明るくほほ笑んでいた。ヨーロッパ旅行にはもう今はビザは必要ではないのだ。彼等は自由に諸外国を訪ね、その国を吸収し、また自国をひとに公開することを誇りとしている。そこには劣等感はもちろん、排他的な影は全く感じられなかった。

しかし、ほんとうに国境はなくなるのだろうか。

私は同じドイツのBGにこんな話をきいた。彼女はパリにあこがれて、戦後フランス人の子守りに雇われたことがあるという。その時「あなたはドイツ人ではなくスイス人ということにしておいてくれるように」という条件をつけられた。不思議に思って、その後家族の様子をみていると、主人の兄弟の一人息子がドイツ兵に殺されたということを知った。「自分の国籍をかくしつづけている辛さは、たとえようもなくて、まもなくひまを取ったけど……」と、彼女の表情は暗かった。ダンダラの棒から「戦争」を想像する私の不安などとは段ちがいの切実な問題の中に、彼女はすでに住んでいた。

戦争は終わった、というけれど、彼女にとってパリはあこがれの都どころではなく、いやな思い出の都としてしか残らなかっただろう。いまだにこうした現実を作り出しているものは、兵士が鉄砲をかまえて守っている「国境」という二字が生み出すものである。ベルリンばかりではない。世界の人々は国境という二字に、自分たちの生活をつねにおびやかされているのだ。

私たちの外国旅行は、今度で何回目になるか忘れたが、日本へ帰るその都度に、日本のあらゆるものがかけ算をするようなテンポの早さで発展しているのを見てまったく驚愕する。この活気と精力は一体どこから生まれてくるのだろう。

しかし、この発展の原動力となっているものが、異常なほどの日本特有の「劣等感」なのではないか、と私は心配になってくる。劣等感の強い日本人ほど、外国へ出ると精神に異常をきたして妙にいばったり、逆に卑屈になることは前にも書いたが、私は旅先でそういう人を見るたびに、戦争中の「斬り込み突撃隊」を思い出してならなかった。それとこれとを比較するのは乱暴かもしれないが、その勇気には刮目しても、心のどこかで恥を感じるのである。

日本の場合、国境と劣等感の間に、深い因果関係があるように思われる。私たちは国境を知らなかった。国境について私たちは勉強し、確かな認識をもたなければいけないと思う。いけないのではなくて必要なのだとも思う。平和というものも、結局は国境についての認識からはじまるものだろう。

今度の旅行中、そうした意味で私に一ばんなつかしい思い出として残ったのは、ドイツのルールにある日本人炭坑夫の宿舎を訪ねたときのことだった。

彼等は私たちの行くのを知っていて、背広に蝶ネクタイなどしめこんで、キャメラ片手に待っていてくれた。全員がはつらつとして明るく、私たちを取り巻いてワァワァと喜んでくれた。「はじめのうちは、ちょっとした残酷物語でしたが、今は仕事にも食事にも慣れて、みんな元気にやってます」と、白い歯を出して笑った。どの顔をみても劣等感の影もなく、いかにも自信に満ちて胸を張っていた。それにしても上背もあり、力もありそうなドイツ人坑夫たちの中で彼等は子供のようにか細くみえる。私がドイツ人の所長に「なんだか痛々しくて」と言うと、「とんでもない、大きくてバカなものもいれば、チビでも優秀なのがいる。日本人は最高に優秀です。この日本人たちは炭坑の重要な第一線で活躍しています。行儀はよし、仕事は優秀、彼等は日本人としての誇りをもって働いているのですからね」と、身をのり出してのべたほめであった。

ドイツは今後、炭坑夫だけでなく、日本の女性も看護婦や紡績女工として契約したい希望をもっているらしい。結構なことである。うれしいことだ。日本は狭い。若い人々は機会をみつけてどしどし国境を越えて出てゆくことだ。そして国境を実感として知ることによって、新しく人間と人間の国境を回復してほしい。

国境の線が、楽しい存在となる日はいつのことだろう。誰でも気軽く外国へゆき、誰でも気やすく日本へ来る。パスポートに入国歓迎のスタンプを押しながら、「どうぞごゆっくりと私の国をみていって下さい」とニッコリして言えるような日本に、早くなりたいものだ、と私は思う。

私はやはり国境というものにロマンチックな夢を抱いているのだろうか。

春愁秋思

『松と菊』

私の〝花好き〟は、病と紙一重だと自分でも思う。

うれしいにつけ、悲しいにつけ、花屋へ飛び込む。客のもてなしにも料理よりさきに花を選ぶ。咲いたといっては喜び、散ったといっては悲しむ。それを一年じゅうくり返すのだから忙しくて仕方がないが、わかっちゃいるけどやめられない。やっぱり病気としか思えないのである。

といっても、私の花好きは子どもが玩具をほしがるのと同じでごく単純。しこたま買い込んだ花をめったやたらとそこらの壺やびんにほうり込むだけだから、とてもいけ花といえるものではない。「何流ですか？」ときかれれば「でこぼこ流の元祖です」とでも答えるよりしようがない。このごろは温室咲きの花が一年じゅう満ちあふれているから、季節の花を待ちわびる楽しみはなくなったが、それでも、ありすぎるといってはぜいたくの限りである。

お正月の花は何にしようかな、と意気込んでみたが、やはり例年どおりに松と菊という、ごくオーソドックスなものを選んでしまった。鋭く力強い松と、やんわりたよりなげな菊に、なんとなく夫婦の姿を感じるのは、私だけだろうか。

年一つ老いゆく宵の化粧かな　几董

『蘭』

私の友だちに、カトレアのコーサージを必ず胸につけている二世のひとがあった。夫に死に別れて、働きながら子どもを育てていたのだが、たいした収入もないのに、ミンクのストールとカトレアだけは放したことがない彼女に私は、アメリカの女性の執念を見る思いがしたことがある。

高貴、美、優雅を一つに集めた花として珍重されているカトレアは、西洋では〝美人〟を形容する最上の賛辞だし、贈り物としても最高の花になっている。なぜ、アメリカ人がカトレアに夢中になるのかと考えてみたら、アメリカでは花の種類が非常に少ないことに気がついた。花屋をのぞいても、ばら、カーネーション、グラジオラスくらいのもので、変わった花を見つけるのは容易ではないのである。

このごろは日本でも、カトレアはすぐ売り切れてしまうほど人気があるらしい。「日本人もぜいたくになりましたよ」と、花屋のおやじが言っていた。ほとんど花らしい匂いも持たないカトレアが飛ぶように売れるということは、値段が高いということと、その希少価値が太平ムードの人気を得るのだろうか。自分のためには買ったこともない高価なメロンを贈り物にするのと同じ心理なのだろうか。

もし、カトレアが花の豊富な日本に生まれ一輪十円もしない花だったら、人々はそれでも競ってこの花を買うだろうか。花屋のケースの中に鎮座ましましているカトレアを見るたびに、私は〝運命のいたずら〟といったものを感じてならないのである。

写真の蘭は、シンビジウム。長い茎に小さな花がずらりと並んでいるところは、さしずめロングビーチの美人コンテストである。

春蘭や雨をふくみてうすみどり　久女

『ポピー』

ポピーほど楽しい花はないと思う。

まず、すっとんきょうなほどにあざやかな、オレンジの色が楽しいし、花屋から持ち帰って、うちの子になってからが、また楽しい。

なるべくつぼみの多いポピーを一握りほど選んで、たっぷりの水に入れてやると、ポピーはみるみるうちに細い茎をまっすぐに伸ばして水を吸い上げ、実に、あっという間に苞をはじき飛ばして花を開きはじめる。

一夜のうちに、すっかり苞を脱ぎ捨てて花弁を開いたポピーたちは、つぼみの何倍にもふくれ上がり、あふれて、あたりがぱあっとオレンジ色に明るくなっているのを見るのはなんとも楽しい。

ポピーは、人間でいうなら、ミニスカートの似合うティーンエージャーというところだろうか。ある冬の終わりに、突然厚いセーターをかなぐり捨てて、ぐいぐいと成長するおとめを見るようで心楽しい。

春の嵐は、意外に激しい。透き通るほど薄い花びらと、細すぎるほどの茎を持つポピーは、それを知っているのだろうか。床にころがり落ちた苞には、まるで関係ないといった表情で、今にもゴーゴーでも踊りださんばかりに息をはずませている。

およそ吹きひろがるばかり罌粟の花　夜半

『白ゆり』

温室咲きの花の多い中で、ゆりだけには、なんとなくすがすがしい山の匂いを感じるのは私だけだろうか。

山深い谷あいや、わき出る清水のほとりに美しく咲いているゆりなぞ、実は一度も見たこともないのに、不思議だと自分でも思う。

声楽を習っていた少女のころ、「谷間のゆり」というドイツの歌を教わった。

折らずに置いてきた
山かげの　小百合
人がみつけたら
手を　出すだろう
風がなぶったら
露　こぼそうもの

折ればよかった
遠慮が　すぎた
折ればよかった
遠慮が　すぎた

まだおかっぱにセーラー姿の私には、意味深長なその歌詞を、どう歌ってよいかわからず、考えれば考えるほどむずかしくて困りはてたのを覚えている。

美しいゆり一本に心を残して山をおりたやさしい人の心……花を、自然を愛する、そんな心が、今の日本にも残っていてくれることを願わずにはいられない。

花屋の切り花には、根がない。ほうっておけば枯れるばかりで、また来年も花開くというわけにはゆかないがそれでも、水を吸い上げて花弁を開くだけのいのちが残されているのが、いっそう哀れである。

まだ、口紅をつけることも知らない清楚なおとめのような白ゆりは、生まれ故郷の高原の夢でもみているのかひっそりとした横顔が印象的である。

泡ひとつ抱いてはなさぬ水中花　　風生

『立ち枯れ』

花より花瓶のほうが主役かもしれない。

この靴の形をした陶器の花瓶は、フローレンスで見つけた。外国を旅行していると、日本人の私たちがとうてい考えられぬような装飾品に時々出くわす。たとえばフィリピンの足首の形の木彫りの灰皿や、フランスの手首の置き物や、やぶれ靴形文鎮などで、そういうものを見るたびに、私はその発想の奔放さに目をみはり、国民性の違い、といったものを身にしみて感じる。

私が日本で見た、そういうたぐいの唯一のものは、舞妓のはくぽっくりの形の銀製の塩、こしょう入れで、それも外人観光客相手のスーベニールショップにあった。おもしろいアイディアだとは思ったが、日本人だったらげたの形のものを喜んで食卓にのせはしないだろうと思った。靴のまま家にはいる外国人と、げたを脱いで家へ上がる日本人との生活の違いがすでにそこにある。

私は中国靴の形をした古い灰皿を持っているが、同じ目の色、髪の色をした東洋人といえども、その感覚は違うのだから、世の中ややこしいのはあたりまえ。

ところで、この繊細優雅な靴の花瓶を後生大事にかかえてきてはみたものの、なかなか似合う花のないままに五年もたってしまった。ふと思いついて、立ち枯れの草木を投げ込んでみたら、暑い盛りのそこだけにすっと風が通ったような気がした。枯れ草の重量にも耐えかねる花瓶の底には、小石を拾ってきて入れた。古い靴は古い草木を抱き入れて、なにやらセレナードでも聞こえてきそうな真夏の昼下がりである。

『コスモス』

「おまえさんは花気違いだから、死んだらお棺に花をいっぱい入れてあげるよ。何の花がいい？」

「そっちは、何の花？」

「僕は、コスモス」

「コスモス？ じゃ、死ぬのはなるべく秋にしてよ、冬はコスモス咲かないからね」

　結婚十余年ともなると、こんな会話が自然に出るものだろうか。ある静かな夜の私たち夫婦の対話である。それにしても、いくら花屋に季節がなくなったとはいえ、一年じゅうコスモスを売っている花屋はない。黒い喪服姿で寒風に吹かれながら、コスモスをさがして歩く自分を想像して、ちょっと途方にくれた。

　今は、コスモスの真っ盛り。夫の好きなコスモスが柔らかい花びらを開いている。

　先頃の沖縄旅行で求めたガラスの花瓶に入れたら、沖縄ガラスの素朴な味と、コスモスの可憐さがしっくりととけ合って、ピンクの色が恥ずかしそうに色を増したようである。

　この花瓶は、米軍の捨てたセブンアップの瓶をとかして作られたもので、沖縄の人たちの知恵の成果である。沖縄のガラス工芸は、だから戦後のもので、まだまだ量産はできないが、アメリカや本土にもぽつぽつと輸出されて喜ばれているとのことだった。

みちのくの果てのコスモス盛りなり　汀翠

『紅ばら』

何年か前のパリ旅行中のある日、放送局の依頼でシャンソン歌手のイヴ・モンタン氏を劇場の楽屋に訪ねたことがあった。薄紫の秋の夕方で、私の胸には二ダースの真紅のばらが揺れていた。まだ開演一時間前で、ひっそりと静まりかえった楽屋の一室で、モンタン氏はぽつんとただひとり、テープレコーダーと向かい合って勉強をしていた。思ったより上背のある彼は、私からばらの花束を抱き取ると、いきなり花の中に顔をうずめて大きく息を吸い込み、「メルシー・ボクー、マダム」と、柔らかい瞳を上げた。

　それから何年か後、六本木のレストランで食事をしていた私は、ふと聞き覚えのある話し声に後ろのテーブルをふり返った。イヴ・モンタン氏であった。食事中に話しかけるのもやぼなことだし、第一、話しかけてみたところで東洋のへなちょこ女を覚えているはずもない、で、ボーイにぶどう酒一本をことづけて私は席を立った。

　あくる朝、目ざめた私は、イヴ・モンタン氏からの花束を受け取って驚いた。それはパリで贈ったのとそっくり同じ、二ダースの真紅のばらの花束であった。真っ白いレターペーパーに「しゃれたお心づかいありがとう」とあり、得意の漫画とサインがあった。

　それにしても、ばらの花束はどのようにして私の家を訪ねあてたのだろうか？　昨夜ぶどう酒をことづけたボーイが、私の名や住所を告げたのだろうか？　いや、そんなことはどうでもいい、パリのばらと東京のばらが「楽しい思い出を一つ作ってくれた」——それだけでいいではないか。

　世の中のことごとく、せんじ詰めるばかりが能ではない。たまにはぼうっとぼかしておくことがあってこそ、おつな味わいもあろうというものである。

　ネスパ？

静かにも枝はなれたる落葉かな　虚子

『水仙』

この世には、冬になると縮み上がって役だたず、夏になればふやけたラーメンのごとくにのびっきりとというだめな人間がいる。それはこの私である。

今年もまた、本格的な冬がやってくる。

極寒にもめげず、しゃんと首をもたげて美しく咲く花々は、いかに自然の力とはいえ、「たいしたもんだ」と、私は羨ましくも感心してしまう。

水仙なんていう花は、人間でいうならば、まだほんの小娘みたいなものなのに、姿勢正しく、凛として、こましゃくれた小さな顔をこっちに向けているさまは、さながらきかん気の江戸娘といったふうで、私の好きな花の一つである。

その後ろに銀色に光っているのが猫柳。これはまた、もっこりと綿入れを着込んだ老女のような冬の花である。まろやかなおばあちゃんと孫娘の、ある日の対話の姿である。

大根を煮つゝそゞろに冬はじめ　誓子

十二月十六日

「オヤ、オーバーも着ないで、元気だな、若い人は羨ましいよ」

ドアを開けて飛び込んだ私に、いきなりこんな言葉が飛んできた。真冬の、ストーブの温かみでムンムンする撮影所の宣伝部であった。十五歳の私は、両方の頬にカッと血ののぼるのを感じ、そのとたんに「そうサ、若いから冬なんか平チャラ！」と言い返しながら、二、三度足を踏み鳴らしてみせた。ガタガタと震える冷えきった身体をストーブの熱気がやんわりと包みはじめ、かじかんだ手指が溶けるようにやわらかくなっていった。

宣伝部にそなえつけの雑誌を見るのが楽しみで、私は時時、この部屋を訪問した。子供でもなく、かといって一人前の女優でもない中途半端な年頃の私を、撮影所の人々は揃って可愛がってくれた。ことに、宣伝部は「本の沢山あるところ」で私の好きな場所だった。例に依って新刊の雑誌をかかえ込み、頁をくりながら、しかし今日ばかりは折角の美しい写真も文章も全く目に入らなかった。「オーバーも着ないで……オーバーも着ないで……」という言葉が、私の頭の中でグルグルまわり、恥ずかしさに赤くなった私の頬はなかなか元に戻ってくれそうもなかった。

「若くても、寒いときは寒いのよ、私だって暖かいオーバーが欲しいのよ、私は風邪をひいているの、元気でなんかありゃしない、去年作ったこの上衣があるっきり、長いオーバーを買うだけの余裕がないのよ、つまり、私は貧乏だからオーバーが買えなくて、風邪をひきひき撮影所へ通っているということなのよ、いくら若くたって、誰が面白くって、こんな短い上衣だけで外をとびまわっているもんか、人の気も知らないで……イジワる……イジワる……」私はつぎからつぎへと溢れてくる言葉にならない呟きで身体中が爆発しそうになって、回りを見まわした。

ストーブはゴウゴウと音を立てて燃えていた。そして人々はいつもの通り軽口を叩きながら忙しげに仕事を続けていた。さっき私に言葉をかけた男の人も机の上に広げた原稿用紙に向かってペンを走らせていた。情けなさと恥ずかしさと得体の知れない口惜しさで火の玉のような顔をした私とは、なんの関係もなく。「そうだ、この人たちと私とは、なんの関係もないのだ……」私はとつぜんキツネが落ちたような気分になって、膝の上の本をもとの場所に返すと、立ちあがって、寒い風の吹く外へ出た。私はその日一日で急に自分が大人に近づくのを感じた。

以上は、私の十五歳の時の忘れられない思い出の一つである。冬の寒い日、私は何時もこの事を思い出すのだ。何故、この日のことを執拗に記憶しているのか自分でもよくわからないが、それは多分、私が生まれてはじめて「恥ずかしい」という感情と「裏切られた」という感情を知ったからなのだろう。いま、思い出の中では他愛のないことでも、感じやすい少女の心にぐいと刺さった激しい痛みにも似たこの感情は、そのまま強いショックとなって私の心の奥深く残ったのだろう。

私は満五歳から、子役俳優として松竹蒲田撮影所へ入社した。当時、天才子役だの、なんだのと言われても、今と違って小さな子供の得る収入はたかの知れたものであった。十三歳のとき、松竹からPCL、今の東宝映画に移ったのも、その頃、母が生活苦に追われて、撮影所にわずかな借金を申し入れたのを断わられたのが、東宝入りのキッカケとなったのであった。私はその頃、事情があって父と離別した母との二人暮らしであったが、まだ北海道に居る祖父や祖母、そして私の兄弟たちの生活費全部が、まだ小学生であり、子役である私一人の肩に掛かっていたのであった。が、子供一人がロクに学校へも行けずに日夜働き続けても、田舎の何人かの大人への仕送りが間に合う筈がなく、母も、同じアパートに住む大学生二人の食事、洗濯を引き受けてなにがしかの金を得たりして必死になっていた。私が毎月二十五日にもらってくる月給袋の中身を幾つかの封筒に入れて郵便局へ走り、北海道へ送ってしまうと、母と私のおかずは、一個一銭の精進揚げか、三個十銭の市場のコロッケに決まっていた。私が小学校を卒業すると、私の兄は東京へ出て来て夜間大学へ通学するようになり、祖父は病気になって、またまた出費が多くなり、生活は苦しくなるばかりであった。

私が少女だったから、私のファンも若い人が多く、女学生や中学生から絶えずファンレターやプレゼントが届いた。プレゼントのほとんどは人形で、六畳のアパートの部屋は人形で溢れ、花園のように美しかった。が、私は人形の包みをほどきながら、「ああ、これが人形でなく、お金ならいいな、お金なら兄ちゃんに服を買ったり、おじいちゃんに送ってあげたりできるのに……」と、子供心に考えた。華やかな六畳の部屋は、外観だけはたしかに人気少女俳優の城に見えたかも知れないが、母と私には人形を眺めて楽しむ時間は全く無かった。しかし、私は、自分が貧乏だと自覚はしていても、撮影所と母の居るアパートをトンボ返りしている毎日の生活を苦しいと思ったことはなく、むしろ、貧乏ゆえの一種のスリルのある楽しささえ感じていた。だから仕送りを済ませた残りの金では食べるだけで一杯で、私に思うような物も着せてやれないと愚痴をこぼす母を、こっけいにさえ思っていた。私は駅の窓口で、背を盗み、子供らしい作り声を出して、大森から大船までの（その頃、松竹は蒲田から大船へ移転した）定期券を買い、悪いと知りつつも、文房具屋の店先で消しゴム一個をかっぱらったこともある。どうにかしなければならなかった。しかし、どうにもならないとき、人の心は悪に走る。「ゴメンナサイ」と心の中で呟きながら、私は消しゴムを握って走った。私のたった一度の盗みであった。

　東宝へ移ってからも、私たちの生活は依然として楽ではなかった。東宝の口ぞえで、文化学院へ入学できたものの、当時、贅沢の極みを誇っていた文化学院は、私たち母娘にとって学問の楽園ではなく、第一に困ったのは生徒たちに制服のないことであった。生徒たちは毎日、とりかえひきかえ、贅をこらした服装で現われて、小鳥のように囀った。私は一計をめぐらして、最上等のセーラー服を新調すると、一年じゅうそれを着て学院へ通った。濃紺のセーラーは、花園の中で一きわ目立って美しく、というのは私の気持だけで、他人から見れば、花園の中にポツンと舞いおりたカラスのようであったかも知れない、その学院も仕事のために出席日数が足りないと、一年余りで退学になった。どんどんのびる背丈に、四季の衣類は追いついてゆかない。上等なセーラー服も、腕をあげるとおなかが出てしまうようになり、おととしのオーバーもツンツルテンになり、新調する余裕はなかった。

　あの冬の日一日で、私は急に大人に近づいた。と、さきに書いたが、「オーバーも着ないで……」と言われた言葉に、私は生まれてはじめて、皮肉の針を感じてカッと頭に血がのぼったのだ。いまのいままで私を理解し、可愛がってくれていたとばかり思っていた大人が、とつぜん冷笑を浮かべて私を皮肉ったことに、私は私で打ち返すように、負けん気の返事を返した。そして、女になりかけた私に、これも生まれてはじめて「恥ずかしい」という思いがこみ上げてきたのだった。恥ずかしいといっても、なにを恥じたのか、いま考えてもよくわからない。寒くても寒くないと言い張った自分の嘘を恥じたのか、その嘘を見すかされやしないかという恐れに恥じたのか、いずれにしても、そのときの私は正直でなかったことを認めるばかりである。しかし「この人たちと私とはなんの関係もないのだ」という感情は、たしかに私を一歩大人に近づけたようである。私が寒かろうと寒くなかろうと、オーバーが買えようと買えまいと、それは私個人の都合であって他人のあずかり知らぬことである。私には私の生活があり、他人には他人の生活がある。軽々しく人を恨み、人に要求してはならない、ということを、私はその時、身体で知ったのだった。しかし、理屈はわかっていてもまだ十五歳の固まらぬ精神の上に受けたショックは大きく、これまで可愛がってくれていた撮影所の人々の全部が急に私から遠い存在になってゆくような気がして、たまらない孤独感におそわれ、私は大人になりたくない、と心底思った。

　けれど、今、考えてみると、あの冬の日のイヤな思い出は、やはり私が貧乏生活をしていたからこそ、ではなかったのだろうか、本当の貧乏とは言えぬ程度ではあったにせよ、子供なりに貧乏にたち向かって肩ひじ張って生きているうちに、他人の言葉を曲げて受けとるような、いわゆる貧乏人根性が身についていたのではないだろうか。考えてみても、十五の少女に大人が皮肉を言ってみたところで意味がないではないか。

　私は、貧乏を恐ろしいとは思わない。もう一度貧乏になれと言われれば勿論イヤなことだが、もし万一になってしまってもなんとか生きてゆくだけの自信はあるから、恐ろしいとは思っていない。戦地で弾丸の中をくぐりぬけてきた兵士は世の中に恐いものがない、と言うそれに似て、貧乏の味を嚙みしめた人間にも「さあ、殺せ！」的な度胸がつくらしい。私は貧乏をしたことを、貴重な経験をしたと思っている。ものの有難みは、貧乏をしたことのある人間でないとわからないだろうし、貧乏をして、はじめて人の心も分かるからである。

私は貧乏は恐くないが、しかし、お金はちょっとばかり恐いのだ。お金は人間を変えてしまうからである。金に踊らされている人間ほど哀れでこっけいなものはない。金はないよりある方がいいに決まっているが、金持ち、貧乏人の区別なく、心の貧しい人間にとっては金の価値は無いに等しいのではないだろうか。金は、持つ人の心次第で、美しくも卑しくもなる化け物である。私が子供ながらに一生懸命働いて祖父や兄に送った金は、決して卑しい種類の金ではなかった。しかし、あの冬の日、その誇りを忘れて、オーバーを買えないことを恥ずかしく思ったとたんに、私の金はその価値を下げたと言っていい。あの日私はたしかに、口惜しさの余り、金が欲しい、と思った、そして金のないことを恥じたことを、いま私は恥じている。それなら、美しい金とはどんな金をいうのだろう。もちろん、心のこもった善意の金はその額の多少にかかわらず、美しく尊い。

　私は何時か、サンフランシスコの郊外で、日系の一世夫婦にこんな話を聞いた。あるとき、その夫婦がレストランで食事をしていると、片隅にいた一人のアメリカ人が、つと側へ寄って来て、夫婦に話しかけた。

「あなた方は、日本人ですね？　それなら、その食事を私にごちそうさせて頂けませんか？　お願いします」

　夫婦は、見知らぬアメリカ人の申し出に驚き、なんのことかといぶかった。そのアメリカ人は続けて言った。

「実は、私は戦後、日本に進駐していたことのある兵士です。そのときに見知らぬ日本人から沢山の親切を受けました。その人たちがどこに住み、なんと言う名前か知らぬまま、私はその後、一言の礼を言うことも出来ません。アメリカへ帰って十余年になりますが、私はなんとかしてその日本人に礼を言いたいと思い続けてきましたが、いまだにその望みが果たせないのです。あなた方が日本人なら、どうぞ私の心の一端を受けて下さい、せめていまの食事代を私に払わせて下さい。お願いします」

　アメリカ人の瞳には真実が光っていたし、夫婦はその言葉に、人種を越えた人間の誠意を感じて、こころよくごちそうになったという。そして、食事代を払ったアメリカ人は、「ありがとう、ありがとう」とくりかえしながら、その場から立ち去ったという。

　この話は、何十ドルかの金が、一人のアメリカ人の誠意と良心にかわって使われたということである。私は感激し、金というものはこんなにも美しくなれるものかと考えた。

現代の日本ほど、拝金思想の強い時代はないという。金さえあれば世界が動くと信じている人の多い世の中にも、金で買えないものは、いまもあるのだ。その一つに「運」がある。運の強い人、運の悪い人、などというが、次の話は、一つの運の物語である。

アメリカ東部のある町に、パン屋を営む夫婦がいた。ある日、夫はちょっとした風邪をこじらせて病気になり、病勢は日増しに悪化するばかりであった。転地をすすめる医師の言葉にしたがって、夫婦はとうとうパン屋の店を売って全財産を持ち、気候のいいロスアンゼルスに引越す決心をした。旅行支度もそこそこに、夫婦はロスアンゼルス行きの飛行機に乗ってホッと一息つくひまもなく、その飛行機はエンジントラブルを起こして、整備のために、ラスベガスの空港に着陸してしまったのである。乗客の前に立ったパーサーが言った。

「皆様、お急ぎの途中に申しわけありませんが、当機はエンジンの調整のため、この空港で四時間を必要とします。どうぞ、四時間の間、御自由におすごし下さいますように」

乗客たちは、四時間をどうしてつぶそうかと、口々に呟きながら四方へ散った。パン屋の妻は、デパートへ行きたいと言い、夫は折角ラスベガスに来たのだから、名物の賭博場にゆきたいと言って、二人は空港の表で左右に別れた。

賭博場に来た夫は、種々のギャンブルを見物する内に、つい、ポケットから一ドルを取り出してルーレットに賭けた。そしてあッという間に取られてしまった。その一ドルを取りかえそうとして賭けた一ドルがまた取られ、五ドル負け、十ドル負けて、気がついた時には、とうとうパン屋の店を売った全財産を使い果たして、文字通りのスッテンテンになってしまっていた。夫は青い顔をして、空港の待合室に戻った。妻の姿はまだ見えない。所在なげに妻の帰りを待つ内に、夫はふと洗面所へ行こうとして腰をあげた。が、ポケットの中には、その洗面所へ入る十セントの金もない。困り果てた夫は、隣りの椅子で新聞を読んでいる男に声をかけた。

「すみませんが、洗面所へゆく十セントを貸して下さいませんか、妻が戻って来たらすぐお返ししますから」

男は、こころよく十セントを貸してくれた。夫はその十セントを握って洗面所へ行った。と、思いがけなく、誰かが閉め忘れたのか、半開きになっているドアを見つけた。用を足した夫はさっきの十セントを男に返そうと急いで待合室へ戻ったが、既に男の姿はなかった。妻の姿もまだ見えない。

夫は、何気なく、目の前にあったスロットマシンに十セントを放り込み、ハンドルをまわした。意外にも、スロットマシンから、銀貨で五十ドルもの賞金がザラザラと溢れ出たのである。思いがけぬ五十ドルに驚いてとびあがった夫は、チラと時計を覗くと、その五十ドルをつかんでタクシーに飛び乗り、また賭博場へとって返した。

夫に運が向いた。賭ければ賭けるだけ、金は、三倍、六倍、十倍になって返って来て、あっという間に夫の目の前に数万ドルの金が山となって積まれたのである。

パン屋の夫婦は、その金を元にロスアンゼルスにパン屋を開き、時間と金をかけた夫の身体は再び健康になり、支店も出来て、夫は押しも押されもしない街の実力者となった。ある年のクリスマス、大きなパーティを開いた夫は、多勢の前で、はじめて、あのラスベガスの一件を公開した。客たちは一せいに驚きの声をあげ、その中の一人がこう言った。

「あなたはさぞ、空港で十セントを貸してくれたその男に会って、お礼が言いたいでしょうね、その男は、あなたの福の神だったわけでしょう?」

夫はニッコリして答えた。

「いいえ、私の会いたいのはあの男ではない。便所のドアを閉め忘れて行った、どこかの誰かにこそ会ってお礼を言いたい」と。

この話は、人生というもの、金というもの、そして運というものを感じさせる面白い話である。

世間では、金、地位、名誉、と揃った人間を成功者と呼んでいる。しかし、この三つが揃うには、当人の努力の上に、強い運の力があったからこそ、と私は思う。人間には、運、不運というものが必ずある。「私は運が悪かった」というのは三文小説のセリフによくあるが、敗者の述懐としては適当に安っぽく哀れで同情をひく言葉なのだろう。

話ははじめに戻るが、例えば、私のような子供が親兄弟を養うはめになったのも、私がそのような運命にあったのだと思っている。そして、その私が、その後四十年も女優の道を歩みつづけていられるのも、私がはじめにつかんだ俳優になるチャンス、つかんだ運を自分で守って大切に育てて来たからこそ、と私は思っている。この世はむやみとせち辛く、ただでさえ生きにくい世の中である。「運を天にまかせて」などと言ってはいられないのだ。人間であるなら、自ら運を開き、チャンスを見つけ、自らを磨いて他人のためになることこそ、生きるしるしといえるのではないだろうか。

「運がよかったのよ」という言葉は、あるときは静かな謙遜に聞こえるが「運が悪かったのよ」という言葉は、なんとなく寒々として哀しい。金というものが、持つ人の心次第で美しくも卑しくもなるように、運もまたある程度は人間の意志によって花を開かせることが出来るのだ、と私は信じたい。

血染めのブロマイド

私は写真を撮られるのが苦手だ。「映画女優は、写真を撮られるのが商売じゃないか」と思われるのはあたりまえだが、私にはもう「撮られる顔がない」のである。

五歳の時からキャメラの前に立てば、ニッコリする、つまり、営業笑いの習慣をつけられた私は、以後四十余年間、撮られっ放しに撮られて「もはや、する顔がなくなった」のである。キャメラマンのほうも、私のようなスレッカラシを撮るのは興味がないとみえて、レンズをのぞきながら「むつかしい、むつかしい」と言うが、まったくそうだろうと同情する。

私にしても、十年一日、歯をムキ出した、歯みがきの広告のような自分の顔を見るのは、生活のためとはいえ、あまりいい気持ではない。というより、なにやら自分が哀れにみえて仕方がないのだ。私自身は、笑った顔より笑わない顔のほうがいくらかマシだとうぬぼれているのだが、笑ったのと笑わないのと二枚の写真を撮れば、必ず笑ったほうを使用される。売りものは笑顔と決まっているらしい。

習慣とは恐ろしいもので、「人を見たら泥棒と思え」と言うが、私は人を見たら、脳のほうでは「泥棒ダ」と思っても顔はニッコリ笑顔をするようになり果てたのである。でないとすぐ「お高くとまっている」の「生意気だ」のと、評判が悪くなる。何時か、一人で銀座を歩いていたとき、すれ違った男性が「チェッ、すましてやがら！」と呟いた、とたん、私の口から「ニヤニヤしながら歩けるかい！」と大声がとびだして、我れながら驚いたことがある。

むこうもさぞビックリしたことだろうが私にしてみれば、その時はよほど精神状態がノーマルだったということで、普通はそんなとき、売りもののブロマイドのようにニッコリと笑って、「アラ」とか、なんとか言わなければ、女優として失格なのである。

その、売りもののブロマイドを、生まれてはじめて撮られたのは、私が五歳の時だった。私はたもとの長いメリンスの着物にエプロンを掛けていて、いつも首からブラ下げていたゴムの乳首を外されたのを覚えている。キャメラには馴れていたから別に固くはならなかったが、さすがに緊張ぎみで、おすましで遠くを見つめている写真が多かった。

ブロマイドは、専門のブロマイド屋があって、一度に少なくても一ダースは撮られる。謝礼は、ワンポーズにつき、十枚のブロマイドだったとおぼえている。女優は、名刺代りにいつもブロマイドを持ち歩いたから、ブロマイド屋から二割びきくらいで自分の写真を買っていた。女優とブロマイド屋は相互扶助の関係にあった。それに、ファン・レターの終りには必ず、「ブロマイドを送って下さい」とあったから、人気のある女優はあけてもくれても自分の写真にせっせとサインをしていた。私もカタカナで、手が痛くなるほどサインの練習をさせられたのをおぼえている。

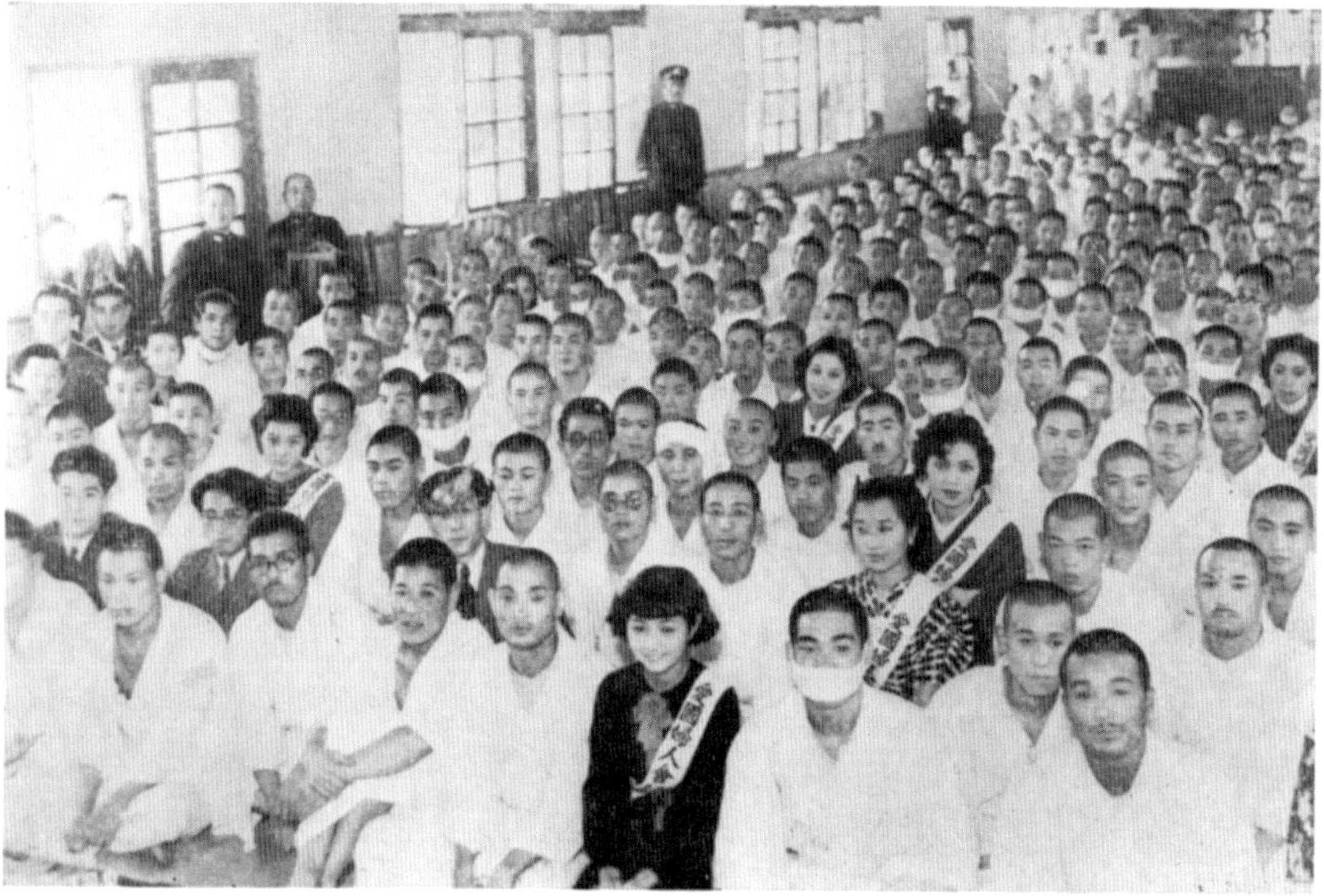

なにしろ昔のことだから、娯楽といえばヒイキ俳優のブロマイドを収集して楽しむくらいのものだったかもしれないが、それにしても五歳のガキの写真を買ってゆく人はどんなつもりだったのか、いま考えても私にはわからないが、いずれにしてもよほど、心の優しい人だったに違いない、と私は思う。

ブロマイドが、昔も今も、何故売れるのか？　それは、映画を見た人が記念にプログラムや、テーマソングのレコードを買うのと同じ心理で、その映画の影を追うために買うのだろうと私は思っている。とにかく、この頃から、私の影が、ある家に住み、ある人の心の隅に生きるようになっていたのだ。

私は、自分の少女期の姿を自覚したことがない。ブロマイドはますます売れていた、ということは、一か月に一、二度はきまってブロマイド屋の写場で撮影する日があったからだ。子供のブロマイドから成長して、私はいまでいうティーンエイジャーのアイドルであった。デパートのフランス人形の衣裳を真似て、ジョーゼットやレースやリボンで美しい服を作り、私はその衣裳の中で相も変わらずニッコリしてキャメラに収まった。

人気は出ても、ブロマイドは売れても、月給の方はオイソレとは上がらず、いたずらにブロマイド用の衣裳費に追われていた。豪華な衣裳につつまれた娘のつきそいである母親のチビた下駄が、台所の下駄に間違われて、ブロマイド屋の女中の足に履かれて風呂屋へ往復した、という悲喜劇もあった。

毎日、ミカン箱一杯のファン・レターが来るようになり、私の笑顔は駄菓子屋でまで売られ、額縁の景品、ポスター、カレンダー、手帳の表紙と氾濫した。

映画女優という商売は最高にカッコよく、ワリのよい商売として、若者のあこがれであったのだろう。女優志願、女中志願の手紙が殺到して、断わりの返事を書くために新しく人が雇われたりした。私の少女時代はこうしてあわただしく過ぎていった。

戦争。日本映画界は、「兵隊もの」一辺倒になり、女優の出る幕はまったくなくなってしまった。男優はみんなイガ栗頭になり、陸海軍人に扮して活躍した。軍隊ものはどうしても人数がいるので、それまで大部屋でくすぶっていた連中まで駆り出され、それがかえって個性的な顔だと言われたり、性格俳優として人びとの人気を得たりした。半長靴を履いた足がガニ股であることまで人気のもとになるような時代であった。

男優に出演の場を奪われた女優たちは、もっぱら兵士慰問のために、にわか仕込みで歌や踊りを習っては部隊から部隊へと慰問に走りまわり、けっこう忙しかった。

戦地の兵士には内地から「慰問袋」が続々と送られた。三十センチほどの布製の慰問袋の中には、慰問文をはじめとして、石けん、手ぬぐい、お守り、そして例外なく何枚かの女優のブロマイドが入っていた。見知らぬ人から、見知らぬ兵士への慰問袋に、私の写真が入って、国境を越えて行ったのだということを知ったのは、私のブロマイドを見た兵士から続々と軍事郵便が来るようになったからだった。

住所を知らぬ人は、日本、女優、高峰秀子あてだけで、そういう郵便は全部、東宝撮影所へ集まり、撮影所へゆくたびに輪ゴムで束になった軍事郵便を、私は受け取った。ある兵士からは「もし、生

還出来たら、あなたのような人をみつけて結婚したい」と書いてあり、ある兵士からは「私は明朝、突撃隊として出撃する。慰問袋に入っていたあなたの写真を今日まで胸のポケットに抱き続けていたが、戦死の道づれにするに忍びないから」と、わざわざブロマイドを送り返してきた。また、ある母親からは「戦死した息子の遺品の中にありました」と、血に染まったブロマイドを送り返してくれたこともあった。

　私はそんなとき、私の知らぬ処で、自分がなにか大変なことを仕出かしているような錯覚にとらわれて、自分の影におびえたこともある。もしかしたら、私の影は、何人かの兵士に抱かれたまま、中国や南の島の土になっているかも知れない。

　最近、あるおでん屋で、隣りに座った男性から、「私はあなたの写真をロケットに入れて決死隊に志願したことがありますが、幸か不幸か生き残ってこうしていま、あなたの隣で酒を飲んでいるなんて、感慨無量です」と言われてドキリとしたが、こういう話ははじめてではない。私はそのたびに当時の思い出を、戦争の恐ろしさを、いやおうなく頭の中で反芻するのだ。私の心の中では、戦後は終わってはいない。

「北支の民家で仮睡しました。ふと目を開けると、天井にあなたのブロマイドが貼ってありました。多分、昨日まで此所に居た戦友がはぎ取るひまもなく慌しく出発したのでしょう。そして私も今夜半には前線へ出発します。あとから此所へ来る戦友もまた、あなたのブロマイドに慰められると思えば、それもまた楽しいことです」

　私はその手紙に詩を感じ、少女らしい感傷にひたったが、そういう彼らのこまやかな感情などをはじき飛ばして猛威をふるう戦争が巨大な怪物のように思えて、ただ恐ろしかった。

　遠い戦地で闘う、見知らぬ兵士たちの心を私のブロマイドがどのように慰めても、それはあくまで私の影なのであり、そんなこととはつゆ知らず、当の私は日本にいて「兵隊さんよ、ありがとう」などと歌っていたのだから、無責任もいいところである。

　戦争もなかばになると、軍事郵便のほとんどは遺書めいているものが多く、手紙が私の手に届く以前に、その人は戦死したのではないか、と思えるような文章ばかりだった。中には「返事は要りません。明日になれば自分はこの世におりません」と、はっきり書いてある手紙もあった。

　終戦も近くなった頃は、南方からの軍事郵便が多くなり、「一兵士より」として、ラックスの石けん一個、ミッチェルの口紅一本などの贈りものを届けられたりした。その贈りものに、毎日のように新聞に報道される「〇〇島玉砕」「〇〇島全滅」の活字がだぶってみえて辛かった。

　しかし、沢山の慰問袋に入っていた私のブロマイドは、私の映画を一度も見たことのない兵隊さんの手にも渡ったに違いない。そして、その兵隊さんが、私の顔を好きであろうとなかろうと、初対面の私の写真を持って戦場を駆けまわり、あるいは、死ぬまでそれを持ち続けていたとしたら……こんな悲惨な青春はなかっただろう。

終戦も近くなったころ、私たちはほとんど航空隊ばかりを慰問していたが、明朝特攻機で出撃する航空兵を前にして、一体どんな顔をして歌ったり踊ったりしろというのか、あんまり情けなくて、バカバカしくて、怒り出したくなり、わけのわからぬ口惜し涙のようなものが出てきて仕方がなかった。フィナーレの「同期の桜」を合唱しながら、舞台の私も、観客席の少年たちも、全員声がつまって棒立ちになり、あとは泣き声ばかりになってしまった思い出も何度かある。慰問隊の乗ったトラックに手を振りながら、いつまでも見送っていた特攻隊員たちの「さようなら、さようなら」という叫び声は、いまもまだ私の耳にはっきりと残っている。私は自分の身内から戦死者を出してはいないが、征った者、残された家族の心の奥をたくさん知っているつもりだ。それは、はからずも、ほとんどが私の影であるブロマイドを縁としてだが――。

だから、いまの日本の若者たちが「戦争はカッコいいな」などと無造作に言い放つのをみると、本当に飛んでいってブン殴ってやりたくなる。私は、もう戦争はイヤだ。

私は、慰問を続けるために、荷物だけを疎開して、世田谷の成城に頑張っていたが、その荷物だけが焼けて家と身体と蚊帳だけが残って、昭和二十年八月、戦争は終わった。昨日までパラシュートの組立て工場であった東宝劇場は、進駐軍の来日とともに「アーニー・パイル劇場」となり、私はここで、モンペをイブニングドレスに着がえてアメリカの歌をうたう身の上になった。

昨日の敵は今日の友、ではないが、私だってまだ特攻隊の少年たちと涙の別れをしたほとぼりもさめぬのに、好きこのんでアメリカ兵のために歌をうたったわけではない。その頃私は東宝の専属だったし、まだ二十一歳、東宝のくれる仕事の選りごのみができるほど大人でもなかった。

また衣料など手に入らなかったので、カーテンや雨コートで長いドレスを作り、「ビギン・ザ・ビギン」や「国境の南」を歌うと、客席につめかけたアメリカ兵の元気な口笛が舞台めがけて飛んでくる。楽屋は進駐軍人からのプレゼントで足の踏み場もなく、家には家で、また進駐軍がバスを仕立ててやって来る。私の周りは一夜にして外国になってしまった。戦災でボロボロになった東京の街に、ロングスカートのパンパンやＧＩの姿が目立ち、新橋の闇市のすさまじさ、そこに負け犬のように首を垂れてさまよう飢えた日本の男たち、突然いばり出してわめき立てる第三国人、どうにもやりきれない気持をもて余しながら、私はアメリカの歌をうたっていた。服部良一氏の一連のブギものをひっさげて登場した、笠置シヅ子さんが日本じゅうの人気をさらったのもこの頃であった。

昭和二十三年。東宝の大争議を経て、第二組合、つまり「新東宝」が設立され、それまで東宝の専属であった私は、大河内伝次郎氏、長谷川一夫氏、原節子氏等と新東宝へ移った。戦時中、凍りついていた人々の心がこのころとつぜん解けはじめたのか、人々は飢えたように娯楽を貪った。映画、演劇、レコードなど、提供する側がてんてこまいをするほどだった。

映画ならなんでもよかった、なにを作ってもお客は映画館に入り切れずに溢れていた。中でも甘いメロドラマと喜劇が喜ばれて、ふたたび女優たちの活躍がはじまった。昭和二十四年からあとの七、八年は、正に映画の黄金時代で、私たち女優は次から次へと、それこそ恋をするひまもなく映画作りに追いまわされた。

　戦後、私に対するファン・レターの質はガラリと変わった。十代から二十代の男性からの「君を愛す」調のラブ・レターが殺到して、私の母を大いに心配させた。ある手紙に同封されていた「新宿の暗闇で買った」という一枚の写真ほど、私と母をビックリ仰天させたものはない。それは、バラの花を持った全裸の私がソファに寝そべってニッコリ笑っている写真で、まさしく首のすげかえであった。私の可愛い子ちゃん時代は、この辺からやっと娘あつかいにされはじめたということか。しかし、いくら写真を撮られるのが商売でも、撮ったおぼえのない写真を見るのは気持の悪いものである。

　とった覚えのないものの一つに「記念写真」という厄介なものがある。私たちは仕事の写真の他に、撮影所や、ロケ先や、または街の中でも、記念写真に入ってくれ、と頼まれる。考えてみればこの四十年間、どんなにたくさんの記念写真を撮られたことだろう。真ん中に立ってキャメラを見てニッコリしている私は、私の周りにどんな顔の人が、何人居るのかまで、いちいち覚えていられる筈がない。というのは、記念写真というものはたいてい撮られっ放しのもので、当人にはめったに送ってはくれないものだから、私にしてみれば全くおつき合いの一つで、それ以上のなにものでもないのだ。

　しかし、その記念写真に写った人たちは、私と記念写真を撮ったことは間違いはないのだから、これがたまたま証拠物件となって、いろいろと問題がおきるのである。

　借金の申し込みの手紙に「私は、あなたと記念写真まで撮ったことがある」などと書かれてあると、私はただただ当惑してしまう。「右から三人目の男は、私の亡夫です。亡夫について、あなたの想い出をお知らせ下さい」などと古い記念写真を見せられても、私にとってはそのときが初対面みたいなものだから、返事の書きようもない。「全く見覚えもありません」などと書こうものなら「冷淡」だの「素気ない」だの「お前の映画なんか見てヤンない」のとくるのだからたまったものではない。なにごとにも一方交通を得意とするのが日本人の常だけれど、私のほうにしてみれば、とつぜん横丁から飛び出した人につきとばされたようなもので、とっさに挨拶のしようもない。恨めしきは記念写真である。

　最近、恨めしきものが、また一つふえた。それは、テレビジョンの古映画の放映である。十年、二十年前の古い映画に出て来る私が若く可愛いのは当り前で、なんの不思議もない。困るのは、その私を見た少年や少女たちから「ブロマイドを送って頂戴」という手紙をもらうことなのである。もし、私が正直に現在のブロマイドを送ったとしたら、古映画の私とはまるで違う四十余歳の私を見て、少年少女たちはビックリして腰を抜かすにちがいない。そんな罪なことを私はする気がないから返事を出さないことにしているが、なんとなく寝ざめの悪い心地で落ち着かない。いったい、どうしたものだろう。

　昔の私の影は、ブロマイドだけでなく、いまは茶の間のブラウン管の中で動きまわって、当の私を当惑させているのだから、時代のうつりかわりというものはまったく妙な現象をおこすものである。

なつかしい匂い

今から三十年余り前、私が少女の頃に、『綴方教室』という映画に出演したことがある。

　豊田正子さんという私と同年の少女の書いた『綴方教室』という本が、いまでいうベストセラーになって、その映画化というわけだった。私はオカッパ頭に木綿の短い着物を着て、豊田正子その人に扮した。その映画の一シーンに、朝早く井戸端に出た正子が焚火をしながら、ふと、「冬の朝っていいニオイがするだろ？」と、かたわらの弟に話しかけるところがあった。弟はわかったようなわからないような顔をしているが、正子はまた首をめぐらしながら深く息を吸う……。私は何故かそのシーンが気に入っていた。原作にもそのシーンがあったかどうか忘れてしまったが、もし、正子の感受性や感覚を現わすために、脚本家が書き入れたのだとしたら、大変に子供の心のわかる鋭い感覚の持ち主だと思う。なぜなら、その時まだ十三、四歳だった私がそのシーンに実にすんなりと実感と自信を持って入ってゆけたからである。子供には、子供にしかわからない、絶対に大人には理解してもらえない感情がたくさんある。冬の朝のにおいもその一つだったのだろう。映画は好評であったが、その成功の理由は、『綴方教室』を演出なさった山本嘉次郎さんという方が、よくよく子供の心をわかる大人だったからだろう。

　冬の朝のニオイ……それは具体的にどんな匂いなのかと聞かれても説明ができないが、鼻腔を刺すように冷たい、水晶のように澄んだ、そして遠い焚火の煙のような匂い、とでもいうのだろうか。私は秋の軽井沢にややそれに近い匂いを感じるときがあるけれど、スモッグのたれこめる都会に生まれ、育った子供たちには、冬の朝のニオイなどと言っても通じない話かもしれない。都会には悪臭こそあれ、胸一杯に空気を吸いたいほど澄んだ日は一年にかぞえるほどしかないのだから、――いまの子供たちは、冬の朝になにを感じて育つのだろう、一度きいてみたいことである。

　匂いについては、もう一つ思い出がある。これも古い話だが、戦時中『馬』という映画に出たときのことである。馬と少女の美しい愛情を画いた映画で、完成まで三年を費した大作であった。『馬』という題名であるからには馬とのつきあいはさけられない。私は三年間、ただただ馬を相手に暮らした。はじめ、私は馬がこわくてたまらなかった。馬は人を見る、というが本当である。おそるおそる馬に近づく私を、どの馬も大きな目でにらみながら、蹴ろうとしてお尻を向けたり、大きな歯をムキ出して噛みつこうとしたりした。そのたびに私は悲鳴をあげて飛んで逃げた。どうしたら仲よくなってくれるのだろう、と、私はステージの中に作られた馬小屋の前で溜息をついて途方にくれた。馬はそんな私をじっと見つめて様子をうかがっているようであった。

　そんなある日、馬に飼葉をやるシーンがあった。大きな飼葉桶に入れた飼葉を、腕までつっこんでかきまわして、桶を馬の口のとどくところへぶらさげてやるのである。飼葉桶に、腕どころか身体まではまりこみそうになって飼葉をかきまわしている私の頬に、馬がそうっと鼻ヅラをよせてきたのである。「しめた！」と思った私は両手にすくった飼葉を馬の口もとへ差し出した。馬は上手に、こぼさないようにそれを食べ出した。それ以来、毎朝、撮影がはじまる前に、馬に朝食をやるのが日課になり、私と馬はだんだん仲良しになっていった。馬は飼葉を食べながら、ときどき首をのばして、私の身体に顔をすりつける。衣裳の野良着もモンペも洗っても馬の匂いがしみこんでしまって消えなかった。朝、暗いステージに入ってゆく私に向かって、馬は首をのばして鼻をヒクヒクさせ、私だとわかると安心して前足で土をかいて食事のサイソクをするのである。大きな恐かった目も、いまは甘ったれて、まるで秋波を送るような表情で私を見るのが可愛くてたまらなかった。馬は人を見るというが、私は匂いで信用されていたのかもしれない。

　以上、二つの話は、いずれも仕事に関する私の匂いの思い出である。三十九年間、仕事にあけ、仕事に暮れた私の思い出は、みんな仕事に関係したことばかりだ。考えてみると、私にとっていちばんなつかしい匂いは、ステージに組まれたセットのムッと胸に来るような、あの泥絵の具の匂いかもしれない。ステージの小さな扉を一歩入ったとたんに鼻をつくあの匂いをかぐと、「仕事場へ来たぞ」という心がまえが出来るほど、私にとってはなつかしい匂いなのだ。他人は泥絵の具の匂いを「臭い」と言って顔をしかめる。臭くてもなんでも、それが私の職場の匂いなのだから致し方がない。その臭い匂いにファイトを湧かせ、その臭い匂いの中で、私は泣き、笑い、さまざまな人生を演じてすごしてきたのだ。私にとってはいちばん身近ななつかしい匂いなのだ。それは、冬の朝のニオイを理解できない大人たちをもどかしく思いながらも鼻をならして冷たい空気を吸いこむ子供たちと同じように、ちょっぴり得意な、誇らしげな、それに似たような感情といえるのかもしれない。

瓶の中

私の生まれ故郷は北海道である。といっても四歳のときに現在《イマ》の母の養女になって東京へ出て以来、東京住まいをしているから、北海道ときいても特別の感情はない。

札幌のホテルの備えつけのパンフレットに「北海道の産物――鮭、高峰秀子」とあってビックリしたことがある。鮭といえば、私は不思議に、鮭やタラコ、すじこ、などの北海道の味が好きで、そういうものがおいしく感じられるときは「やはり私は道産子なのかな」と思ったりする。

東京へ出て間もなく、五歳で松竹映画蒲田撮影所に子役として入社し、エンエン四十余年を映画界で暮らした。よく、「出演した作品の数は？」と問われるが、子供の頃の記憶はさだかでなく、延べ、七、八百本ほどではないかと思う。

その四十余年の間に、私は私なりに、俳優という職業に疑問をもったり、演技のカベとやらにブチ当たったり、ゴマメの歯ギシリよろしく、カリカリした事もあったが、仕事そのものには恵まれすぎて常に断わる立場にいたから、そんな苦労は取るに足らなかった。

考えてみれば五歳の私が父にオンブされて撮影所へ遊びに行った、という偶然の機会から、胸にゴムの乳首をブラ下げて映画界入りをしたのが昭和五年。ちょうど日本映画の成長期にめぐり合ったということか、その頃は子役主演の、いわゆる「お涙頂戴映画」が流行《はや》っていたから、私は女の子役だけでは追いつかず、髪を坊ちゃん刈りにされて男の子の役までかけもちさせられる、という忙しさであった。

小学校に籍はおいたものの、一年に何日というひどい出席日数で、私は危うく文盲になるところであった。が、受けもちの指田先生という教師が私を可愛がってくれて、長いロケ

大正13年一歳

子役時代のブロマイド

12歳のブロマイド

ーションに出るときには必ず二、三冊の子供用の雑誌を抱えて、駅へ駆けつけて下さり、私はその本のおかげで、文字を読むことを覚えた。母は私以上に不幸な生いたちで無学であったし、子供一人の収入で親子三人が暮らしていたから、家庭教師などを頼む余裕はさらさらなかった。私は今でもあのなつかしい指田先生の顔をときどき思い出す。

少女期には、吉屋信子氏の『花物語』シリーズや、いまでいうホームドラマの娘役にあけ暮れた。豊田正子さんの『綴方教室』の映画化で「天才少女俳優」などといわれて、自分でもアッケにとられるほどの幸運を得た。

第二次大戦がはじまって、軍馬と少女の物語『馬』に出演以後、映画は「戦争物」一辺倒で、男性俳優の独壇場となり、私たち女優は慰問団を作ってもっぱら軍隊や病院で歌をうたったりしていた。

私の半生でいくらか自分の時間があったのは、戦争中の二、三年間だったかもしれない。十二歳で、松竹から東宝へ移ったときの東宝側の条件は「責任をもって女学校を卒業させる」という一文であり、私はただ勉強がしたいあまりに東宝へ入り、張りきってお茶の水の文化学院へ入学はしたのはいいが、当時の東宝（P・C・L）は日の出のいきおい、日夜を分かたずコキ使われて、とても学校通いどころの騒ぎではない。

私は一年余りで「出席日数の不足」という理由でとうとう文化学院をクビになった。五歳から働きづめであった私に、戦争はエアポケットのようなヒマをくれたが、戦争はまた私の青春をも奪ったのである。足りない食料、限られた言葉、せっかく集めた洋楽のレコードまで持ち去られて小学校の庭で焼き捨てられた。不自由という不自由に手も足も出ぬ生活

鼠小僧次郎吉

東京の合唱

の中で、モンペにお下げ髪の私は、成城学園の家の近所をはいまわって、風呂たき用の枯れ木を集めたりして、およそ娘らしくない日を送っていた。

しかし、昭和二十年、私が二十歳の夏に戦争が終わると、その終りが敗戦であったどさくさのせいか、映画は再び急激に活動を開始し、私はまた身体が幾つあっても足りないほど忙しくなった。東宝の争議で社内は騒然となり、進駐軍まで介入して、来なかったのは軍艦だけといわれた大争議が終わって、私たち俳優は第二東宝、つまり新東宝を創立して追われるように東宝を出た。

新東宝では『銀座カンカン娘』『愛よ、星と共に』『大江戸の鬼』など、ロクに出演料ももらわずに、ただひたすらに映画を作った。私の尊敬する小津安二郎監督の『宗方姉妹』も、このときの作品である。「デコが四十歳になったら一緒に仕事をしようね」と言って下さった小津先生は、いまはもう亡い。

私がまだ小さいときに母は父と別れていたから、成城学園の家では母子二人だけの生活であった。いつか、パリでジプシー女に手相をみてもらったとき、「あなたは家庭と仕事をひとつの掌に握ることは出来ない」と言われたことが妙に印象に残っているが、当時も家庭における私はかなり孤独であり、私は撮影の合い間にやたら本屋で本を買いこんではメチャメチャに読んだ。けれど誰も系統だてて読書の指示を与えてくれる人はなかったから文字通りの乱読であった。

新東宝ではほとんどの作品がタダ働きで、税金の季節になると家の中はタンスやピアノにまで執達吏に貼られた小さな

綴方教室

赤い紙だらけになった。そうして思い切って新東宝を離れ、いまでいうフリー俳優の第一号になる決心をした。いくら食うに困ったとはいえ、まだ演技力もあやふやな人気女優が独立するなどということは、いま考えれば全く図々しい奴であったと冷や汗が出る。若いということは、恐れを知らぬ勇気はあるが、なんとも未熟で思慮の浅いものであることか。

けれど私は幸運にも仕事に恵まれ、当時、松竹の鬼才と言われた木下恵介監督の『カルメン故郷に帰る』をはじめとして、東宝では成瀬巳喜男監督の作品にもほとんど出演させてもらい、松竹、東宝、大映、と駆けずり回った。

　私は、はじめから、女優という職業を好きでも嫌いでもなく、ただ生活のために与えられた天職と思い、自分を「キャメラの前で泣いたり笑ったりする職人」なのだ、と割り切っていたが、同じ仕事でも、やりがいのあるよい作品に出演するほうがしあわせに決まっている。

　私のような怠けものが、木下、成瀬、という優れた監督にめぐり会えた、ということは女優としての私には最大のしあわせだった、と今でも感謝をしている。『カルメン純情す』『女の園』『喜こびも悲しみも幾歳月』『あらくれ』『放浪記』『二十四の瞳』『浮雲』と、野球のボールのように木下、成瀬、の間をいったり来たりし、三十本余の作品に出演した。

　昭和三十年。私は当時、木下恵介監督の助監督であった、松山善三と結婚した。

　私はどういうわけか少女の頃から「三十になったら俳優をやめて、平凡な主婦になりたい」と思っていた。世の中には星の数ほども俳優がおり、また、俳優になりたい人間もたくさんいる。私のような中途半端で不熱心な女優がいつまでも

馬

ノサばっていることはないし、五歳から仕事をしていれば三十歳ほどでちょうど限界が来るだろう、とも考えていた。

　映画界の外のことは何ひとつ知らない私は、一見ハデな仕事の性質上、地下鉄やバスに乗ったこともなく、普通の人たちが、なにを話し、なにを考え、なにを食べているかも知らなかった。が、もし、結婚でもしたら、御飯も炊けない奥さんにはなりたくなかったし、一主婦にとって、「女優であった歴史」など、なんの役にも立たないことも承知していた。とにかく、俳優をやめたらカスでした、という女にはなりたくなかった。

　私は、過去に執着をしない女である。過去の映画のフィルムや写真を保存したり、演技賞を飾って眺める趣味ももたない。常にすってんてんの素手で明日を迎えるほうが、「いっそ小気味がいいや」と思う、現実的な女である。こういう可愛気のないふてぶてしさは、長い間、ありもしない力をふりしぼって他人の中を泳ぎまわってきた「雑草人間」の一人だから、だろうか？

　私はゴルフも麻雀もせず、いっさいの賭けごとにも興味がない。ということは、長い女優生活で、好むと好まざるにかかわらず常にスタートラインに立ち、他人に優劣を云々されている立場にあった自分をいつもちょっぴり可哀想だと思っていたからかもしれない。だからハサミ将棋ひとつでも、勝負のあることは、私にとって「楽しみ」ではない。

　現在の中国では「昼の次に夜が来る」という言いかたより「夜の次に昼が来る」という言いかたを好むというが、私も後者のほうが好きである。出来ることなら、ものごとに対して悲観的に考えず、苦しいことは自分のコヤシとして生かし、

大江戸の鬼

銀座カンカン娘

いつもアッケラカンと明るくありたいと思っている。ということは、ほんとうの私はジメジメと陰気でケチで猜疑心の強いゴーツクバリな女であることを、私自身が誰よりも知っているからである。

結婚を「ゴールイン」などというが、女にとって結婚は「新しい別の人生」とでもいうべき大事業だと私は思っている。昨日まで違う環境に育った、それも男と女という異性がとつぜんに結びついて一生を同じ屋根の下で暮らそうというのだから、考えてみればしょせん無理な話で、思いあがりもはなはだしいのである。私は古い女だから「一緒になってみて、もしぐあいが悪かったら別れればいい」などと気軽には考えられなかった。転んでもソンしない私が選んだ松山善三という人は、私のもっていないものを全部もっている人であった。

結婚した当時は、私には出来ない、親切や勉強や、お金の計算や、その他の男っぽい言動がずいぶん珍しく、毎日が新鮮な驚きの連続であったが、それとともに、私の持論である「夫婦他人説」もまた実感として迫ってきた。夫婦は他人などと言うと、たいへん冷たい女のように思われるけれど、私の言いたいのは、夫は妻ではないし、妻は夫ではないというあたりまえのことである。

夫婦となったからにはもちろん信じあい、愛情をもたなければならない。けれど、この愛情というものがなかなかクセもので、お互いにだらしなく甘ったれたり、相手の「入ってはならない領分」に押し入ったりしているうちに、ほんのささいなことから取り返しのつかない傷つけ合いをすることもある。夫婦というより、男と女、男と女、というより、一個

細雪

佐々木小次郎

の人間として相手を尊重し、〝礼〟の一線を守ることこそ私は結婚の第一条件であると思う。女は結婚すると例外なく図図しくなり、バーゲンセールなどで目の色変えて人を突き飛ばして品物をヒッかきまわしたり、二言目には「もったいないわヨ」とケチの精神を発揮して、レストランで食べ残したサンドイッチなどを家に持ち帰ったりするけれど、ポチャポチャの新妻なら愛敬もあるだろうが、女房もトウが立ってくると、ただいぎたなくみえて夫はヘキエキするらしい。妻がこういうことをするのは、ただただ家庭を愛し、経済を思うあまりの愛すべき女心である、ということは同性の私にはよつく理解はできるのだが、夫の嫌いなことは妻もなるべく嫌いになるほうが無難ではないか、と私は思う。とはいうものの私の場合、タクアンの嫌いな夫の留守には何日分かのタクアンをバリバリとかっ食らうくらいの内緒ごとはもっている。

当時一万二千円の月給とりであった主人は、頭にクソがつくくらいのマジメ人間で、曲がったことは大嫌い、恥をかくより死を選ぶ、といった古風な人間であった。私もどちらかといえばマジメ人間に類するほうだから、ややもすると面白味のない家庭になるおそれがある。私は家庭に笑いを入れるよう、同じ言葉を使うにもユーモアを交じえるようにと心がけた。それでなくても、家庭は明るいに越したことはなく、私はいつもコロコロと笑い声のする家庭にあこがれていた、ということは、私の過去の環境が笑いにとぼしかったせいかもしれない。

私は夫を「当てた」が、当たらなかったのは夫の収入で、当時一本百五十万円の出演料をとり、一見ハデに見える生活を送っていた私が、突如として一万二千円の生活に切り替え

宗方姉妹

ることは不可能であった。お金の話はイヤなものだが、私は夫に言った。「私にはいまたくさんの収入があります。でもその金額が私の実力だとは思ってはいません。映画会社がそのお金をくれるうちは、ありがたく二人で使っていましょうよ。そのうちあなたがお金を儲けたら、今度は私が使わしてもらいますから。」夫は「ウン」とうなずいて、以来十五年余り、二人はお金の話をしたことがない。嘘のような本当の話である。

　結婚と同時に私は仕事の分量を半分にへらした。半分にへらしてもなんとか生活ができる収入はあったし、第一、折角の家庭生活も常時、女房不在ではなんのために結婚したのかわからない。仕事のあるときはベッタリと仕事に打ちこみ、仕事と仕事の合い間にはベッタリと家にいて女房の仕事にせいを出した。

　どちらかというと私は、人前で泣いたり笑ったりするよりも、台所をはいまわったり、ハンカチのアイロンをバカていねいにかけたりする陰の仕事のほうが性に合っているらしい。

　子供の頃から母の手料理を見よう見まねでおぼえていたのをベースにして、たどたどしいながらも亭主の気に入るようなおかずを作ることは楽しかった。「台所になんぞ、ゼッタイに入らない」という女優さんもいるけれど、それもまたその人の個性のひとつなのだからいけないとは思わないが、私のような貧乏性の女は、自分の住む家の中のことはなんでもかんでもやらなければ気がすまないのである。男性は女房を「三食ヒルネつき」などといたぶるけれど、どういたしまして、たかが「家事」といっても、やろうと思えばキリがないほど、ヒステリーが起きるほどあるものなので、男性が考えるほどラクなものではない。

カルメン故郷に帰る

一本の映画が終わって、私が女房にかえるころは、家の中には、主婦のする仕事が山のようにたまっている。季節の衣類の手入れ、頂きものの礼状書き、八百屋や魚屋の店先をのぞくこと、植木屋の指示、と数えあげればキリがない。といっても、女中さんがいることだから、私はチョコチョコとサワリのところだけ要領よくゴマ化すだけで、本格的な掃除、洗濯をするわけではなく、ことにこの頃のように雑文書きで忙しいときなどは、とつぜん台所へ立ってジャガイモの皮をむくことが最高の気分転換になったりするのだから、台所仕事といっても、普通の主婦の標準とはだいぶ違うかもしれない。一年の間の何か月かをゴキブリの如く家の中を駆けずりまわり、撮影がはじまると、家の中のことは意識的に怠けて横のものを縦にもしない、というヘンな女房を私は実験したわけである。

私は、結婚生活と女優は絶対に両立しないと思っている。結婚も女優もパーフェクトにやれるほど、結婚も女優も甘く出来てはいないからである。一見、両立しているが如くみえても、それは夫と妻のどちらかの我慢がそうみせているだけであって、どこかに無理があり、そのうちにどこかに小さな亀裂が入り、その亀裂からポタリポタリと水がもれ出すうちに土台がイカれ、果ては一家崩壊というのがおちである。

「人気は上々、金もある。あとはしあわせな結婚だけで、これすなわち両手に花」などと考えるのは女の浅ハカさというもので、世の中、そう甘いもンやおまへんのやデ、と言いたくなる。

いつか、離婚の経験者ばかりの女優さんたちが、座談会で「完全な仕事をするためには離婚をしてよかった」と言って

カルメン純情す

雁

いたけれど私も全く同感である。女優の仕事は工場でカンヅメを作るのとは違い、セリフをおぼえたり、演技プランを考えたりするのは撮影所の外、つまり自分の家の中である。スタジオに入り、キャメラの前に立ったときは〝幕が上がる時〟だから、もたもたしてはいられない。

　映画を一本作るには何十日という日数がかかるが、この間は脚本の中の「何の何子」であることから逃れられないし、感情の持続が必要である。撮影所にあっては演技の鬼、家へ帰り着いたとたんに優しい女房、という切り替えが、毎日、毎月、毎年も続くわけがないのである。「今夜はキンピラゴボウで一杯やるか」などと夫が思っているのに、女房に疲れ果てた女優の顔をブラ下げて帰って来られてはたまったものではないだろう。

　私は無学のせいかコンプレックスもまた人一倍で、それが嵩じてひどい人間嫌いであった。が、唯一の勉強の場である学校へゆきはぐれてからは、人の話を聞く、つまり耳学問しか知識を得られないと考えて、ともすれば尻ごみをする自分にムチを打ちながら、意識して人に会うように努力した。

　座談会、対談、なども、無学な私には気のきいた言葉ひとつ言えるわけではなかったけれど、相手の言葉から何かひとつでもカッぱらってやれ、と思ってノコノコと出かけて行った。自分の知らないことをひとつでも知っている人は誰でも私の先生であった。

　私は昔から、古い陶器などの美術品が好きである。といっても、たまの古道具屋歩きではどれが本物で、どれが贋物なのかもわからないし、悪い物からよい物へと順に見る勉強な

女の園

どするヒマもない。そこで自己流インスタントで、いきなりよい物ばかりを見て歩くことにしたのである。博物館や、一流の美術店や、写真集、が私の教室であった。不思議なもので、よい物ばかりを見ているうちに、だんだんと悪い物がわかってくるのである。私にとって、人間もまた美術品のようなものであった。

私はたくさんの人間に会った。中には意外なインチキ人間もあり、また、すばらしい本物人間もいた。いつか私は、「デコは偉い奴とばかりつき合う」という人の噂を耳にしたことがあるが、私はそんなことは問題にしなかった。「偉い」といってもいろいろあって、なにを指して「偉い」と思うか、には個人差がある。私に言わせれば一生、貧しくとも文句ひとつ言わずに魚をとり続けた漁師も偉いし、老人の道案内をしてあげる若者も偉い。一生を『広辞苑』ひとつに捧げた新村出先生も偉いし、辺地に埋もれた学校教師も偉い。偉さは自分で決めることではなく、他人が決めることである。私のいちばんの苦手は「偉そう」にかまえている人間である。以心伝心とかで、そういう人間は向こうからも近づかないし、私のほうからも寄りつかない。よくしたものである。

私は千人の知己よりも一人の人間と深くつきあいたいほうなので、いま、こうして指を折ってみても「会いたい人、なつかしい人、好きな人」はそうおおぜいはいない。その中で、誰もが知っているほど有名で、本当に「偉い」人は二人、いまは亡い「谷崎潤一郎先生」と「梅原龍三郎先生」である、と私は思っている。

谷崎先生と松子夫人の生活に、私は「夫婦」というものを教えられた。谷崎先生の偉大な業績はいまさらくりかえして

も能のない話だが、おめにかかるたびに、私は底の知れない大海坊主のような先生の魅力を感じた。谷崎先生は、私のようなボンクラ人間とは、全く別の世界に住んでいる方であったが、二十年余のおつきあいの間、私のような者にも礼儀正しく、いつも優しいいたわりをもって接して下さった。

いまでも京都へ行くと、私の足はなんとなく谷崎先生のお墓のある法然院へ向かってしまう。丸い小さなお墓の前にしゃがみこむと、「ハイ、ハイ、よく来ましたね、ハイ、こんにちわ」という先生の機嫌のいい大きな声が聞こえてくるような気がする。

梅原先生は私の三まわり上のネズミ年で今年八十四歳である。が、心はいつも青年のように柔らかく、優しく、そして清々としているので、ときどき私のほうがボケてるんじゃないか、と思うことがあるくらいである。先生の画室に集まる多彩な顔ぶれは、画家、作家をはじめとして、政治界、将棋界、相撲、舞踊家、陶芸家、歌舞伎役者から、私のような中古女優まで、実にバラエティに富んでいる。

先生はいかなる世界の話にも興味をもち、その知識の広さには誰もがビックリするほどである。若い頃、パリでルノワールに師事して以来、何十回という海外旅行を重ねた先生は、本物の国際人とでもいうのだろうか、人間としてのスケールの大きさ、見事さ、謙虚さは、日本一ではないかと私は思っている。先生の芸術のことは私などにはわからないし、先生の画がどんなに高価であろうと私にはカンケイないが、とにかく「あなたの好きな、尊敬する人物は?」と聞かれたら、私は「梅原龍三郎先生」と答えたい。先生は偉い人だが、エロな話が好きだったり、私に浮気をすすめたりする、ちっと

二十四の瞳

も偉くない茶目なところもあって、そんなときの先生はイタズラ小僧のように無邪気で楽しい。

先生のあこがれはライオンである。ライオンに生まれて、アフリカの草原に暮らし、ときどきタキシードなどを着てパリの画の展覧会などをのぞいたり、芝居を見たりするのが理想なのだそうである。いつかカンヌの旅行先から、ライオンの子供を従えて、ニッコリと満足気な写真が送られてきて私はビックリ仰天した。

話が上手で、料理が上手で、将棋が上手な梅原先生の、いちばん大切な目が、このごろ病気になった。白内障と虹彩炎の併発である。「仕事が出来なければ生きていてもしようがないヨ」と、二言目にはおっしゃる先生のことだから、画を画けないことはどんなに辛いことだろう。話の途中で、食事の途中でハンカチを出し、無意識にグイ、と眼をぬぐわれるお姿を見ると、私は大げさでなく身を切られるように辛い。志賀直哉さんが亡くなったとき、先生はただ一言、「まだ、ちょっと早かったんじゃないかナ」とおっしゃり、川端康成さんの自殺には、これもただ一言、「もうちょっと、ネバってもよかったんじゃないかナ」とおっしゃった。その言葉に私は先生の豪気とたくましい生命力を感じて心強く思った。

先生はまた、私にイヤガラセを言っていじめるのも好きである。このごろのセリフは決まっていて、「私の死も、もう時間の問題サ、しかし同じ死ぬのならキレイに死ぬのがいいナ。三島のように腹を切るのは血だらけになって、人に迷惑をかけるからヤメにして、そうさ、だんだんとものを食わなくしていってシナびて死ねば、人間の干物になっちゃうからいいナ」などと言って、「イシシシ」と笑うのである。

義仲をめぐる三人の女

浮雲

「先生のような食いしん坊に餓死は無理ですよ」と言うと、「ウン、死にそうにハラがへっているときにものを食ったら、そりゃうまいだろうからな」と、それで話はおしまいになる。はじめてお目にかかったのは終戦直後、二度ほどモデルに座ったことがあるだけで、あとはいつも御馳走になるばかり、梅原先生には有形無形にどんなに可愛がって頂いたかわからない。

先生と私のような関係を、世間ではどう呼ぶのだろう？知りあいでも、友人でも、師弟でもないが、しかし、ある意味では先生は私の師であるかもしれない。

私は梅原先生のおかげで、先生のお知りあいともいっぱしの口をきいて大きな顔をしているが、これも先生あればこそのことで、もし先生が待望の干物になってしまったら、私は以後、先生関係の人たちとのおつきあいは遠慮したいし、先方も多分ハナもひっかけてはくれないだろう。別にヒガむわけではないけれど、それが私の分相応というものだし、また、人生とはそういうものだろうと思う。

梅原先生のこととなると目の色をかえる私を見て、松山は「梅原先生はお前の生きがいなんだね、長生きして頂かないと困るね」と言う。そういう松山もまた、梅原先生の人格に惚れているファンの一人なのである。

松山善三は結婚後、しゃにむに勉強をした。勉強をしすぎて病気になってひっくりかえって私を心配させたが、彼の脚本が映画化され、芝居になり、放送され、テレビで上映されはじめるのに三年とはかからなかった。彼は脚本ばかりでなく演出家も兼ねていたから、『名もなく、貧しく、美しく』や

喜こびも悲しみも幾年月

流れる

『山河あり』『父と子』などの映画を演出し、私も出演した。夫婦で作った甘っちょろい映画と思われたくない一心で、二人は目方がへるほど頑張った。仕事をする人間にとって、結婚などをハンディにものを言われるのは恥だからである。この頃から彼の収入は徐々に増えてゆき、その分だけ私は仕事をへらしていった。

　テレビが普及され、たいていの俳優はテレビへ、テレビへ、となびいていったが、私は長い間テレビに出る気がしなかった。というのは、映画界が、テレビをはじめ、ボーリング、旅行、その他の娯楽に押されて、ジリジリと不景気におちいりはじめたからである。あれよあれよという間に映画界は観客を失い、失って焦り、焦ってもがくうちに、安易で最低のエロ・グロ路線をひくまでに転落して、惨胆たる状態になった。過去に築き上げた「信用」という財産を、こうも無造作に放棄してしまった映画界は、いったいどうなることか、と、その成りゆきを見とどけたいばかりで、テレビ出演を考える余裕などはなかったのである。もちろん、私のような中古俳優はお呼びではなかった。

　私は、小さい頃から「水商売」じみた映画の世界を好きではなかったけれど、なんといっても四十余年も御飯を食べさせてもらった場所である。昔、共に働き、共に泣いたり笑ったりした同志には、この上もないなつかしさと感謝と愛情を感じているし、私にとって荒れ果てた職場を見るのはやはり淋しく辛いことである。「夢よ、もう一度」とは言わないが、なんとかしてもう一度「誇りある日本映画」を見ないうちは、死んでも死にきれない、と思う気持でいっぱいである。

　ネズミ年というのは生まれつきジッとしてはいられない性

女が階段を上る時

笛吹川

質なのだろうか？　それとも私が貧乏性だからなのか、夫の収入が私の収入にオーバーラップして、私は文字通りの左ウチワという結構な身分になり、仕事はしがない雑文を書くことと、あとは亭主の尻をヒッぱたくくらいで、この辺が年貢の納めどき、と思っている矢先に、ヒョイとしたことから私は丸の内のビルの一隅に小さな「ガラクタ屋」を開店するハメにおちいったのである。

　なんで今更、という気もしないではないけれど、このまま家に引っこんでコタツにあたっていては腰が曲がるばかりだし、ものごとはなんでも、やらないよりは、やったほうがいい、とも思って重い腰をあげることにした。考えてみれば私のプロとしての俳優の仕事は恵まれすぎていて、私は一度として人に頭を下げたことがなかったし、「女優」ということで人は私を甘やかし、私も甘えて、至らぬところは私以外の人たちが補い、かばってくれ、私はいつも女王蜂のようにおいしいおつゆを吸っていた。

　映画の仕事は労働には違いなかったが、それに上まわる報酬が私の生活を豊かにしてもくれた。三百円の物を売っても十万円の物を売っても、同じ笑顔で「ありがとうございます」と頭を下げなければならない商人の経験をもつのも、また、ひとつの人生の勉強である、と考えた私は、残り少ないファイトを、私の店、「ピッコロモンド」にそそぎこんだ。品物の仕入れのために何軒もの問屋や美術店をまわり、包み紙やノシ紙を買いに下町へ飛び、包装の練習、飾りつけをする私を見て、十何年来、私を助けてくれている運転手、忠人間・藤田クンは言った。「奥さん、いいかげんにしないとブッ倒

六条ゆきやま紬

ぶらりぶらり物語

れますよ」と。

ズブの素人である私が、店を開いてから三年になる。私は店の名前以外に、私の女優の名前はいっさい使わない。面白くて、安くて、買いやすい店なら、私の名前など必要ない、と思ったからである。頭を下げて問屋へ行き、スプーン十本、コップ半ダース買うとき、問屋の主人は私の顔を見て、急にていねいになったりするけれど、私にはそれも関係ない。石の上にも三年とか、我がピッコロモンドは儲かりもしないけれどツブれもせず、大阪風に言えば「まあまあ、ボチボチでんな」と営業をしている。

私はこの店の半分を私の私設応接間にしようと思っていた。仕事の話で私を訪ねて来たジャーナリストや、コマーシャル会社やテレビ関係の人たちは、私がカミふりみだして大きなダンボールの包装などをしているのを見て一瞬ギョッとするらしいが、それも私には関係がない。私は前にも書いた通り、計算や、銀行の手つづきや、税金などの、脳みその必要な仕事はできないから、ただセッセと品物を運んだり包んだりするより他、能がないのである。一度は仕事の用件をもって訪ねてくれた人も、「ちょいとそこまで来たので寄りました」などと言って気軽に店に顔をみせてくれるようになった。魔法瓶のお湯でコブ茶やコーヒーをいれ、世間話や雑談の中から、私はまた耳学問をするのである。

そこへアタフタとおとくいさんの少女などが飛びこみ、「ねえ、今夜パーティなの、私に似合うイヤリング選んでエ」などと言われて「ハイ、ハイ、洋服は何色なの？」と立ち上がってゆく気持も悪くはない。と、思うと、お弟子さんを従えたパンタロン姿の宮城まり子嬢がサッソウと現われて、「社

名もなく貧しく美しく

放浪記

長！　元気でありますか？」などと私を冷やかし、楽屋のまきものなどの大量注文をしてくれたり、「なにか面白いもの入ったかな？」という声と同時に、あまり格好のよくない背広を着た、坂東三津五郎丈が現われて、番頭よろしく私の代りにお客さんの応対をしてくれたりする。

　私はそんな人たちの暖かい心を感じるたびに、「人間も悪くないなア」と感激し、「毎度ありがとう！」という言葉もうれしくハズむのを感じるのである。

　子供もなく、特別の趣味もない私たち夫婦にとって、楽しみといえばおいしいものを食べることと、旅行をするくらいのことだろうか。

　私たちは、自分で言うのもおかしいがよく働く。そして、少しお金が出来ればおいしいものを求めて千里の道もいとわずに出かけてゆく。もう少しお金がたまれば海外旅行である。海外での私たちは、日本では不可能な、あらゆる自由を満喫し、珍しい風景を見たり、土地の食べものを探検したり、土地の人の人情に触れたりして楽しく過ごすのがなによりの休養になる。その休養が明日へのジャンプへの踏み台であるとすれば、投資としても悪くはない、と、夫は思っているらしいが、妻の私はただボンヤリと他国の空気を吸って、ダレにダレているのが実状である。

　夫は私を「怠けもの」と言い、私は自分を「休憩中」だと思っている。私の過去、四十余年の月日は、常に「何の何子」に明けくれた。私が、私自身でいた時間は眠っている間と、撮影の合い間のほんの少しの時間であった。私はいま、やっと自分を返してもらって有頂天にはなってみたものの、一人の中年の人間としては余りに無知、知らないことが多すぎる

引き逃げ

華岡青洲の妻

ことに気がついて、ただ呆然自失というところかもしれない。しかし、気ばかりせいてもこのトシになっては、そう早々とエンジンがかかるわけがない。息ギレのする胸を抱えて「タンマ！」と叫び、雨にぬれた猫のように自分の身体をなめまわし、日当りのいい縁側にドッタリと座りこんで、只今はウトウトと仮眠をむさぼっている最中なのである。

調子に乗った夫が働きすぎて再びひっくりかえったら、そのときは私も再び奮起して突撃ラッパを吹きならし、私たちの築いた城を守るために、日本人特有の特攻精神を発揮しなければなるまい、と、これでも健気な心がけだけはもっているつもりである。

私は若いときは若いで自分を守り、結婚してからは夫婦の城を守ることに専心した。世界の、日本のどこに、どんな事件がもちあがろうと、私は私たちの家庭が、雨風も当たらぬ小さな瓶の中にある如く、平和で暖かくあることを、ただひたすらに願った。ひとりぼっちの、心貧しい女には、しょせんこの程度のことしか出来ないのだと自分自身に言い聞かせるとき、私は私なりにそこはかとない心淋しさを覚えることもある。

なんのかんのとゴタクを並べているうちに、老後はすぐ目の前に迫っていた。夫婦も十年経てばお互いに十歳という年を取る。一日の仕事が終わって深夜、妻と夫が向かい合って一献かたむけるときの話題は、無意識のうちに老後の話になっていて、「トシは取りたくないもんだゼ」などと言いながら悪酔いをすることもある。『恍惚の人』の作者である有吉佐和子女史の言葉によると、「医学の発達のおかげで、老人

木下恵介監督と

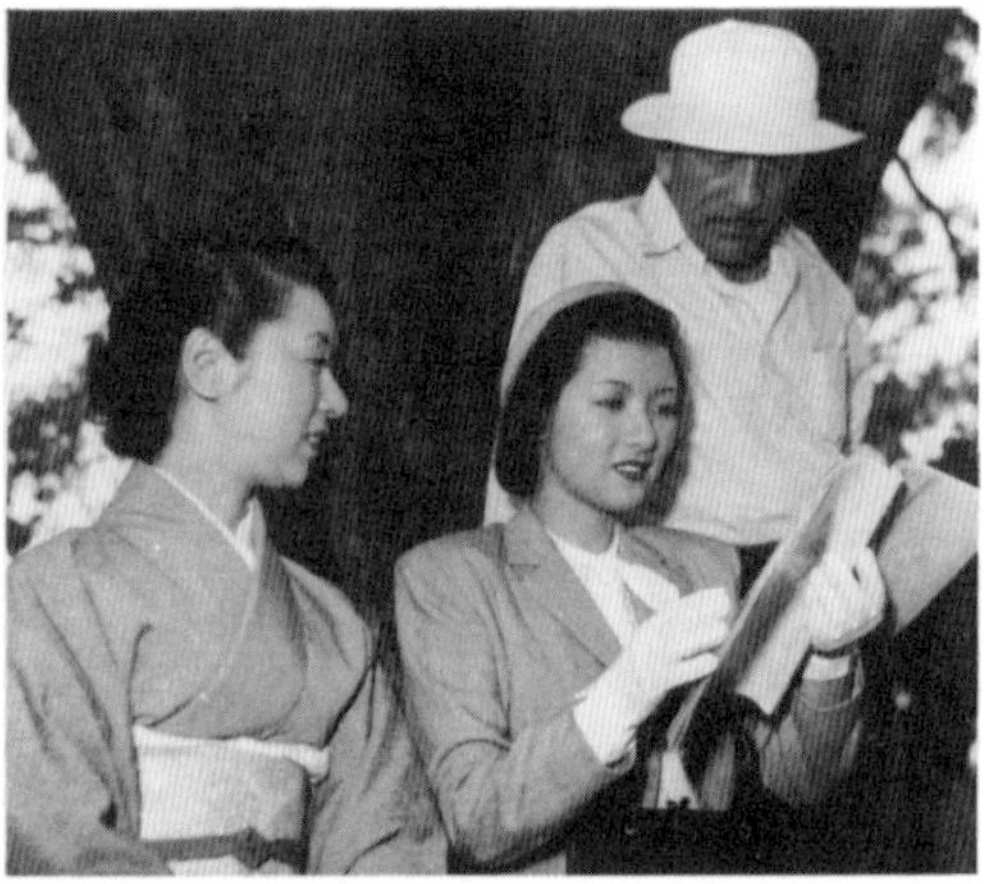

小津安二郎監督と

はますます死ななくなって、いまに日本は老人ばかりになってしまうのヨ。ハナからチューブで栄養を入れて、ウンコは垂れ流し、自殺の意志などはとうに通りこして、ただウトウトと恍惚境をさまよっているだけで、二十年以上も生きるのよ。そうでなければ老人性痴呆にかかって、夜中の徘徊、言語障害、おしめを当ててもらって、ある日突然、枯れ木の如くポックリと倒れて死ぬの。日本じゅうにそういう老人が溢れたら、若いものはイヤもオウもなく、ただ老人を抱えて面倒をみるだけでせいいっぱい、首相も大臣もみんな老いぼれて、他の国にチョッカイを出したり、戦争なんかしてるヒマなんてありゃしない。私たちにもその日は遠からずやってくるのよ。あなた一体、どうやって死ぬつもり？」と。

こちらが恍惚どころかヒンケツでも起こしそうなことをスラスラと言って人をおどかすが、全く考えてみれば対岸の火事とのんびり眺めているわけにもゆかず、いずれ老後とはバッチリ正面衝突をする運命にあることは百も承知をしている。

「死んでしまえばそれまでヨ」「あとは野となれ、山となれ」などと歌の文句のようなのんきな会話を交しながらも、私たちはイジイジとお墓の相談をしたり、我れと我が骨を入れるための骨壺などを物色したりしているのである。志賀直哉さんはたしか、名陶芸家、富本憲吉氏に骨壺を注文しその美しさを愛でて、最後まで砂糖壺として愛用していらしたという。私たちの骨壺はいまのところ、二つとも十年来愛用している朝鮮の李朝の壺である。亭主は美しい空色がかった丸い壺に入るといい、女房は優しい染めつけのある壺を選んだ。残りの入りきれない骨は、そこらの引き出しに放りこむか、庭の

松山善三監督と

成瀬巳喜男監督と

一隅に埋めるか、ということでめでたく相談はととのったのである。

　しかし、老後、即、骨壺では、あまりに話が飛躍しすぎて、いささか不真面目ではないか。ということはつまり、「そんなこと言ったって、私はまだまだイケるんだぞ」という過信に通じることに思い当たって、私は一瞬シュンとした。

　現在の日本に暮らして、誰もが生命をおびやかされているのは癌と交通事故である。この二つの難関をなんとかくぐりぬけた人間を待っているのが老人病だという。「長寿を全うし、極楽大往生」という老人の理想は、現在ではごくまれで、医学の進歩はただ老人の生命を一寸のばしにのばすばかりで、それに付随する人間の葛藤や、老人性痴呆にかかった老人を収容する施設は、不充分どころか皆無に等しいと聞く。夜中の徘徊、失禁、餓鬼のような食欲、と、若い時には想像もつかなかった哀れな作業のくりかえしの後、家族や病院から送りこまれる先が〝精神病院〟では、安心して年もとれないということか。極楽へ着く前に地獄を通らなければ行けないとしたら、老人の中にはその前に死を選びたい心境になる人もいるだろう。

　私のような孤独な人間が考えつくのは、「安楽死」である。安楽死というとたいていの医師はイヤな顔をする、というよりもいまのところ「安楽死」は医学のタブーになっているのかもしれないが、たまには私のように、老人になったら寄り道をしないですんなりと土にかえりたいと思っている人間もいることを考えてほしいと思う。ほんとうの話、老人の世話ほど手のかかることはない。私のいちばん嫌いなことは、人に迷惑をかけることだ。出来るなら、「こりゃ、アカン」と

梅原龍三郎御夫妻と

自覚すると同時に煙となってこの世から消え去りたいが、そうもいかないとすれば一体どうやって、どんな死にかたをしたらいいのだろう。私にとって、もはや「人間、いかに生くべきか」の問題は過去になり、「人間、いかに老い、死ぬべきか」という現実が、つい目の前にブラ下がって、おいでおいでをしているのである。

しかし、生来執念深い私は、まだ当分この世にしがみついているつもりである。近き将来、ホワイトヘヤーになって色欲もなくなり、総入歯になって食欲がなくなっても、私はまだまだ多忙でいるだろう。

私は花が好きだ、が私の生け花は自己流である。お茶も点前は出来ず、頂くだけ。お琴は「六段」だけで、三味線は寄席の下座伴奏だけ。ピアノはバイエルだけで、自転車もスキーもスケートもまっすぐ走るだけで、曲がることができない。みんな映画の中で必要に迫られた一夜漬けばかりだから、ひとつとして身についているものがない。

「セーターくらい、習わなくても編めるわい」と、自己流で三日三晩かかって編みあげたセーターは、袖がバンザイした格好になってさすがに意気消沈、「やっぱり先生というものはムダに存在しているわけではないのだナ」と、山下清のような顔をしてうなずいた。年をとったら、スキーやスケートとはいわないが、おとなしく本を読んだり、おけいこをしたり、そして、人とのつきあいも、もっと深くして、美しく老いたいものだとつくづく思う。

どんな人間でも一生に一編の小説が書け、それは例外なく傑作であるという。一人の人間の生涯には、それぞれに異なった喜びや悲しみのドラマが通りすぎてゆく、ということな

あの日あの時　　**撮影・秋山庄太郎**

のだろうが——。

「一人で生まれて、もらわれて、演技して、愛して、一人で死ぬ……」私の半生のドラマはあまりにも中身が薄くて粗末で、小さな瓶に入ってしまうほどしかない。この本のタイトルを「瓶の中」としたのも、まず、そんなところでもある。

無欲と努力

——亡き母・高峰秀子に捧ぐ

斎藤明美

　三十年ぶりに再読したら、「はしがき」に書いた高峰の一言が、気になった。

「この本はたぶん、私の最後の本になるだろうが」

　そしてこの言葉は、「これで引退する」と密かに決意して臨んだ、高峰の代表作「浮雲」を想起させた。

　女優業も執筆業も自ら望んだものではなく、高峰の唯一の願いは、夫との穏やかな生活、それだけだった。

　だから本心、「最後」と思ったのだろう。

　だが現実は高峰に仕事をやめさせず、「浮雲」以後、「女が階段を上る時」「華岡青洲の妻」「恍惚の人」……数多の名作を生み、本書のあとには『わたしの渡世日記』『台所のオーケストラ』、夫との共著『旅は道づれ』シリーズなど、加えて実に二十二冊に及ぶ著作を生んだ。

　欲のない人だったが、ひとたび仕事を受ければ全力を尽くす人だった。

　高峰は『瓶の中』が好きだった。三百余本の自作の中で「浮雲」を最も愛したように。

　それは、「これが最後」という感傷ではなく、「これが最後」と思った覚悟の結実が、そう彼女に感じさせたのではないかと、今、私は思う。

平成二十六年三月

松山善三・高峰秀子養女／作家

＊本書は、一九七二年十一月に、文化出版局より出版された『瓶の中』を復刻した河出書房新社版（二〇一四年四月刊）の新装版である。

装幀——友成 修（データ作成・枠元治美）
カラー写真——大倉舜二
本文デザイン——杉本正光

高峰秀子

（たかみね・ひでこ）

1924年生まれ。女優、エッセイスト。五歳の時、松竹映画「母」で子役デビュー。以降、「カルメン故郷に帰る」「二十四の瞳」「浮雲」「名もなく貧しく美しく」など、300本を超える映画に出演。『わたしの渡世日記』（日本エッセイスト・クラブ賞受賞）『巴里ひとりある記』『まいまいつぶろ』『にんげん蚤の市』『旅日記　ヨーロッパ二人三脚』『おいしいおはなし』など著書多数。夫は脚本家で映画監督の松山善三。2010年逝去。

瓶の中〈新装版〉

二〇一四年四月三〇日　初版発行
二〇二四年六月二〇日　新装版初版印刷
二〇二四年六月三〇日　新装版初版発行

著　者――高峰秀子
発行者――小野寺優
発行所――株式会社河出書房新社
〒一六二-八五四四
東京都新宿区東五軒町二-一三
電話
〇三-三四〇四-一二〇一［営業］
〇三-三四〇四-八六一一［編集］
https://www.kawade.co.jp/
印　刷――TOPPAN株式会社
製　本――加藤製本株式会社

Printed in Japan
ISBN978-4-309-03190-3